S

Jean Rhys
Die weite Sargassosee

Roman

Aus dem Englischen
von Brigitte Walitzek

Schöffling & Co.

Erste Auflage 2015

Originaltitel: *Wide Sargasso Sea*
Originalverlag: André Deutsch Limited, London 1966

Satz: Fotosatz Amann, Memmingen
Druck & Bindung: Pustet, Regensburg
ISBN 978-3-89561-362-3

www.schoeffling.de

Die weite Sargassosee

Erster Teil

»Wenn Gefahr droht, schließt die Reihen«, heißt es, und genau das taten die Weißen. Doch wir waren kein Teil ihrer Reihen. Die jamaikanischen Damen hatten meine Mutter immer abgelehnt, »weil sie hübscher is wie hübsch«, sagte Christophine.

Sie war die zweite Frau meines Vaters, viel zu jung für ihn, fanden sie, und dazu noch stammte sie aus Martinique. Als ich sie fragte, warum so wenig Leute uns besuchten, sagte sie, die Straße von Spanish Town nach Coulibri, wo wir lebten, sei sehr schlecht und das Ausbessern von Straßen gehöre nun der Vergangenheit an. (Mein Vater, Besucher, Pferde, das Gefühl von Sicherheit im Bett – alles gehörte der Vergangenheit an.)

An einem anderen Tag hörte ich sie mit Mr Luttrell sprechen, der unser Nachbar und ihr einziger Freund war. »Natürlich haben sie ihre eigenen Schwierigkeiten. Sie warten immer noch auf die Entschädigung, die die Engländer ihnen versprochen haben, als die Sklaverei abgeschafft wurde. Manche werden lange warten müssen.«

Woher hätte sie wissen sollen, dass Mr Luttrell der Erste sein würde, der des Wartens müde wurde? Eines stillen Abends erschoss er seinen Hund, schwamm aufs

Meer hinaus und verschwand für immer. Kein Verwalter aus England kam, um sich um seinen Besitz – er hieß Nelson's Rest – zu kümmern, und Fremde aus Spanish Town ritten hin, um zu tratschen und sich über das tragische Ereignis auszulassen.

»Auf Nelson's Rest leben? Nicht für Geld und gute Worte. Es ist ein verhängnisvoller Ort.«

Mr Luttrells Haus blieb unbewohnt, Fensterläden schlugen im Wind. Bald sagten die Schwarzen, es spuke dort, und weigerten sich, auch nur in die Nähe zu gehen. Und niemand kam in unsere Nähe.

Ich gewöhnte mich an das einsame Leben, meine Mutter dagegen plante und hoffte immer noch – vielleicht musste sie jedes Mal hoffen, wenn sie an einem Spiegel vorbeikam.

Immer noch ritt sie jeden Morgen aus, ohne sich darum zu kümmern, dass die Schwarzen grüppchenweise beisammenstanden und sich über sie lustig machten, erst recht, als ihre Reitkleidung immer schäbiger wurde (sie achten auf Kleidung, sie wissen, ob jemand Geld hat).

Dann, eines Morgens ganz früh, sah ich ihr Pferd unter dem Frangipanibaum liegen. Ich ging hin, aber es war nicht krank, es war tot und seine Augen waren schwarz vor Fliegen. Ich rannte weg und sagte kein Wort, weil ich dachte, wenn ich es niemandem erzählte, wäre es vielleicht nicht wahr. Aber später am selben Tag wurde es von Godfrey gefunden, es war vergiftet worden. »Nun sind wir von aller Welt abgeschnitten«, sagte meine Mutter. »Was soll jetzt bloß aus uns werden?«

Godfrey sagte: »Ich kann nich Tag und Nacht auf den Gaul aufpassen. Dafür bin ich zu alt. Wenn die alte Zeit geht, muss man sie gehen lassen. Hat keinen Sinn, festhalten zu wollen. Der Herr macht keinen Unterschied zwischen Schwarz und Weiß, Schwarz und Weiß sind für ihn eins. Seien Sie ruhigen Muts, der Herr verlässt die Seinen nicht.« Aber sie konnte nicht ruhigen Muts sein. Sie war jung. Wie hätte sie sich nicht nach all den Dingen verzehren sollen, die so plötzlich, so ohne jede Warnung, verschwunden waren. »Du bist blind, wenn du blind sein willst«, fuhr sie Godfrey an, »und taub, wenn du taub sein willst. Der alte Heuchler«, sagte sie immer wieder. »Er wusste, was sie vorhatten.«

»Der Teufel is Fürst dieser Welt«, sagte Godfrey, »aber diese Welt währt für Sterbliche nich so lang.«

Sie überredete einen Arzt aus Spanish Town, sich meinen kleinen Bruder Pierre anzusehen, der beim Gehen torkelte und nicht deutlich sprechen konnte. Ich weiß nicht, was der Arzt zu ihr oder was sie zu ihm sagte, aber er kam nie wieder, und von da an veränderte sie sich. Plötzlich, nicht allmählich. Sie wurde schmal und schweigsam, und zum Schluss ging sie überhaupt nicht mehr aus dem Haus.

Unser Garten war groß und schön wie der in der Bibel – ein Lebensbaum wuchs darin. Aber alles war verwildert. Die Wege waren zugewachsen und der Geruch welker Blumen vermischte sich mit dem des frischen, lebendigen Grüns. Unter den Baumfarnen, so groß wie die Baumfarne im Wald, war das Licht grün. Orchideen blühten außer Reichweite oder durften aus irgendeinem Grund nicht berührt werden. Eine ähnelte einer Schlange, eine andere hing wie ein Tintenfisch mit langen dünnen braunen Tentakeln bar aller Blätter von einer knorrigen Wurzel. Zweimal im Jahr blühte die Tintenfischorchidee – dann war kein Zentimeter Tentakel mehr zu sehen. Sie war eine glockenförmige Masse aus Weiß, Lila und dunklen Rottönen, wundervoll anzusehen. Der Duft war sehr süß und intensiv. Ich ging nie auch nur in ihre Nähe.

Ganz Coulibri war wie der Garten völlig verwildert, hatte sich in Dickicht zurückverwandelt. Keine Sklaverei mehr – wieso sollte *irgendjemand* noch arbeiten? Mich machte das nicht traurig. Ich hatte die Plantage nicht gekannt, als alles noch zum Besten stand.

Meine Mutter hatte die Angewohnheit, auf dem *Glacis* auf und ab zu gehen, einer gefliesten, überdachten Terrasse, die die ganze Länge des Hauses einnahm und zu einem Bambusgebüsch anstieg. Von dort aus hatte sie einen ungehinderten Blick aufs Meer, aber jeder, der vorbeikam, konnte sie anstarren. Das taten die Leute auch, manchmal lachten sie. Noch lange nachdem das Lachen leiser geworden und verklungen war, hielt sie die Augen geschlossen und die Fäuste geballt.

Eine Falte erschien zwischen ihren schwarzen Augenbrauen, tief – fast wie mit einem Messer eingekerbt. Ich hasste diese Falte und berührte einmal ihre Stirn, um sie glatt zu streichen. Aber sie stieß mich weg, nicht grob, sondern ruhig, kalt, wortlos, als habe sie ein für alle Mal entschieden, dass ich für sie nutzlos war. Sie wollte bei Pierre sitzen oder gehen, wohin sie wollte, ohne belästigt zu werden, sie wollte Ruhe und Frieden. Ich war alt genug, um auf mich selbst aufzupassen. »Ach, lass mich in Ruhe«, sagte sie. »Lass mich in Ruhe«, und als ich erkannte, dass sie Selbstgespräche führte, ängstigte ich mich ein wenig vor ihr.

Und so verbrachte ich den größten Teil meiner Zeit in der Küche, die ein Stück abseits in einem Nebengebäude lag. Christophine schlief in dem kleinen Zimmer direkt daneben.

Wenn es Abend wurde und sie in der Stimmung dazu war, sang sie mir vor. Ich konnte ihre Lieder, die sie auf Patois sang – auch sie stammte aus Martinique –, nicht immer verstehen, aber sie brachte mir eins bei, in dem es hieß: »Die Kleinen werden groß, die Kinder verlassen uns, werden sie zurückkommen?« Und noch eins über die Blüten der Zedrele, die sich nur einen einzigen Tag halten.

Die Melodie war fröhlich, die Worte jedoch waren traurig, und oft zitterte ihre Stimme und brach beim hohen Ton. »Adieu.« Nicht Adieu, wie wir es sagten, sondern *à dieu,* was letztendlich mehr Sinn ergab. Der liebende Mann war einsam, das Mädchen wurde verlassen, die Kinder kamen nie zurück. Adieu.

Ihre Lieder waren anders als die jamaikanischen Lieder, und sie war anders als die anderen Frauen.

Sie war viel schwärzer – blauschwarz, mit einem schmalen Gesicht und kantigen Zügen. Sie trug ein schwarzes Kleid, schwere goldene Ohrringe und ein gelbes Kopftuch – sorgfältig gebunden, mit zwei hochstehenden Zipfeln vorne. Keine andere Negerfrau trug Schwarz oder band ihr Tuch auf Martinique-Art. Sie hatte eine sanfte Stimme und ein sanftes Lachen (wenn sie lachte), und obwohl sie gutes Englisch sprach, wenn sie wollte, und außerdem Französisch und Patois, legte sie Wert darauf, so zu sprechen, wie die anderen es taten. Trotzdem wollten die nichts mit ihr zu tun haben, und ihr Sohn, der in Spanish Town arbeitete, besuchte sie nie. Sie hatte nur eine Freundin – eine Frau namens Maillotte, auch sie war keine Jamaikanerin.

Die Mädchen aus der Bucht, die manchmal bei der Wäsche oder beim Putzen halfen, hatten große Angst vor ihr. Nur aus diesem Grund kamen sie überhaupt, wie ich bald herausfand – denn sie bezahlte sie nie. Und dazu brachten sie ihr Früchte oder Gemüse als Geschenk, und wenn es dunkel war, hörte ich oft leise Stimmen aus der Küche.

Also erkundigte ich mich nach Christophine. War sie sehr alt? War sie immer bei uns gewesen?

»Dein Vater hat sie mir zur Hochzeit geschenkt – sie

war eins seiner Geschenke. Er dachte, ich würde mich über ein Mädchen aus Martinique freuen. Ich weiß nicht, wie alt sie war, als sie nach Jamaika gebracht wurde, ziemlich jung, und ich weiß nicht, wie alt sie jetzt ist. Spielt es eine Rolle? Wieso quälst und belästigst du mich mit all diesen Dingen, die so lange zurückliegen? Christophine ist bei mir geblieben, weil sie bleiben wollte. Sie hatte ihre eigenen sehr guten Gründe, das kannst du mir glauben. Wenn sie sich gegen uns gewandt hätte, wären wir sicher gestorben, und das wäre ein besseres Los gewesen. Zu sterben und vergessen zu werden und Frieden zu haben. Nicht zu wissen, dass man verlassen, verleumdet, hilflos ist. All die, die gestorben sind – wer hat jetzt noch ein gutes Wort für sie übrig?«

»Godfrey ist auch geblieben«, sagte ich. »Und Sass.«

»Die sind nur geblieben«, antwortete sie aufgebracht, »weil sie einen Platz zum Schlafen und etwas zu essen brauchten. Dieser Junge, Sass! Als seine Mutter davonstolzierte und ihn hier zurückließ – eine *schöne* Mutter, kann ich dazu nur sagen –, da war er nichts als Haut und Knochen. Und jetzt, wo er zu einem großen, kräftigen Jungen herangewachsen ist, geht er. Den sehen wir bestimmt nicht wieder. Und Godfrey, der ist mit allen Wassern gewaschen. Die Neuen gehen nämlich nicht gerade rücksichtsvoll mit alten Leuten um, und das weiß er. Deshalb bleibt er. Rührt keinen Finger, isst aber für zwei. Und tut so, als wäre er taub. Dabei ist er nicht taub – er will einfach nicht hören. Ein richtiger Teufel!«

»Warum sagst du ihm nicht, er soll sich etwas anderes suchen?«, fragte ich, und sie lachte.

»Weil er nicht gehen würde. Wahrscheinlich würde er versuchen, *uns* zu vertreiben. Ich habe gelernt, schlafende Hunde nicht zu wecken«, sagte sie.

»Würde Christophine gehen, wenn du es verlangen würdest?«, dachte ich, sagte es aber nicht. Ich hatte Angst, es auszusprechen.

An jenem Nachmittag war es zu heiß. Ich sah die Schweißperlen auf ihrer Oberlippe und die dunklen Ringe unter ihren Augen und fing an, sie zu fächeln, aber sie drehte sich weg. Vielleicht könnte sie ein wenig ruhen, wenn ich sie allein ließe, sagte sie.

Früher wäre ich zurückgeschlichen, um sie anzusehen, während sie schlafend auf dem blauen Sofa lag – früher dachte ich mir Vorwände aus, um in ihrer Nähe zu sein, wenn sie sich die Haare bürstete, die wie ein weicher schwarzer Mantel waren, der mich einhüllen, verbergen, schützen sollte.

Aber jetzt nicht mehr. Jetzt nicht mehr.

Das waren alle Menschen in meinem Leben – meine Mutter und Pierre, Christophine, Godfrey und Sass, der uns verlassen hatte.

Fremde Neger sah ich nie an. Sie hassten uns. Sie nannten uns weiße Kakerlaken. Schlafende Hunde soll man nicht wecken. Eines Tages folgte mir ein kleines Mädchen und sang: »Hau ab, weiße Kakerlak, hau ab, hau ab.« Ich ging schnell, aber sie war schneller. »Weiße Kakerlak, hau ab, hau ab. Niemand will dich. Hau ab.«

Als ich sicher zu Hause angekommen war, setzte ich mich an die alte Mauer am Ende des Gartens. Sie war mit grünem Moos bewachsen, das so weich war wie Samt, und am liebsten hätte ich mich nie wieder fortbewegt. Alles würde schlimmer werden, wenn ich mich bewegte. Christophine fand mich dort, als es bereits dunkel wurde, und ich war so steif, dass sie mir aufhelfen musste. Sie sagte nichts, aber am nächsten Morgen war Tia mit ihrer Mutter Maillotte, Christophines Freundin, in der Küche. Bald war Tia meine Freundin, und ich traf sie fast jeden Morgen da, wo die Straße zum Fluß abbog.

Manchmal blieben wir bis mittags an der Badestelle, manchmal bis zum späten Nachmittag. Dann machte Tia ein Feuer (bei ihr ging das Feuer immer an, spitze Steine taten ihren nackten Füßen nicht weh, ich sah sie nie weinen). Wir kochten grüne Bananen in einem alten Eisentopf und aßen sie mit den Händen aus einer Kalebasse, und wenn wir gegessen hatten, schlief sie sofort ein. Ich konnte nicht schlafen, war aber auch nicht richtig wach, während ich im Schatten lag und aufs Wasser blickte – tief und dunkelgrün unter den Bäumen, bräunlichgrün, wenn es geregnet hatte, in der Sonne jedoch von einem hellen, funkelnden Grün. Das Wasser war so klar, dass man an der flachen Stelle die Kiesel auf dem Grund sehen konnte. Blau und weiß und rot gestreift. Sehr hübsch. Spät oder früh trennten wir uns an der Straßenbiegung. Meine Mutter fragte mich nie, wo ich gewesen war oder was ich gemacht hatte.

Christophine hatte mir ein paar neue Pennies gegeben, die ich in der Tasche meines Kleids bei mir trug. Eines Morgens fielen sie heraus, und ich legte sie auf einen Stein. Sie funkelten in der Sonne wie Gold, und Tia starrte sie an. Sie hatte kleine, sehr schwarze Augen, die tief in ihren Höhlen lagen.

Dann wettete sie mit mir um drei der Pennies, dass ich unter Wasser keinen Purzelbaum schlagen könnte, »wie du immer behauptest«.

»Natürlich kann ich.«

»Ich hab's aber noch nie gesehen«, sagte sie. »Immer redest du nur davon.«

»Ich wette um das ganze Geld, dass ich es kann«, sagte ich.

Aber nach dem Purzelbaum drehte ich mich immer weiter und weiter und kam prustend und hustend wieder hoch. Tia lachte und sagte, es hätte ausgesehen, als würde ich diesmal mausetot ertrinken. Dann nahm sie sich das Geld.

»Ich hab den Purzelbaum geschlagen«, sagte ich, als ich wieder sprechen konnte, aber sie schüttelte den Kopf. Es war kein guter Purzelbaum gewesen, und außerdem konnte man für Pennies sowieso kaum was kaufen. Was sah ich sie denn so an?

»Behalt sie doch, du betrügerischer Nigger«, schrie ich, denn ich war müde und mir war schlecht von dem Wasser, das ich geschluckt hatte. »Ich kann jederzeit mehr bekommen, wenn ich will.«

Da hatte sie aber was andres gehört, sagte sie. Sie hatte gehört, wir wärn ärmer wie Kirchenmäuse und würden Salzfisch essen, weil wir kein Geld für frischen Fisch hatten. Und euer altes Haus is so undicht, dass ihr mit Kalebassen rumlauft, um das Wasser aufzufangen, wenn's regnet. Gab viele weiße Leute in Jamaika. Richtige weiße Leute, mit Geld aus Gold. Aber die guckten uns nich mal an, niemand sah sie je in unsere Nähe kommen. Früher mal warn wir vielleicht weiße Leute gewesen, aber jetzt warn wir nur noch weiße Nigger, und schwarze Nigger warn besser wie weiße.

Ich wickelte mich in mein zerschlissenes Handtuch und setzte mich, vor Kälte zitternd, mit dem Rücken zu ihr auf einen Stein. Aber die Sonne konnte mich nicht wärmen. Ich wollte nach Hause. Als ich mich umsah, war Tia weg. Ich suchte lange, bevor ich endlich glauben konnte, dass sie sich mein Kleid genommen hatte – nicht das Unterkleid, sie trug nie eins – aber mein Kleid, gestärkt, gebügelt, am Morgen frisch angezogen. Sie hatte mir ihres dagelassen, und schließlich zog ich es an und ging durch die glühend heiße Sonne nach Hause, mir war schlecht und ich hasste sie. Ich hatte vorgehabt, hinten herum zur Küche zu gehen, aber als ich an den Ställen vorbeikam, blieb ich stehen, um mir die drei fremden Pferde anzusehen, und meine Mutter entdeckte mich und rief nach mir. Sie saß mit zwei jungen Damen und einem Herrn auf dem *Glacis*. Besucher! Widerstrebend schlurfte ich die Stufen hinauf – früher hatte ich mich nach Besuchern gesehnt, aber das war Jahre her.

Sie waren sehr schön, dachte ich, und trugen so schöne Kleider, dass ich den Blick auf die Steinplatten senkte, und als sie lachten – der Herr lachte am lautesten –, lief ich ins Haus, in mein Schlafzimmer. Dort lehnte ich mich mit dem Rücken an die Tür und spürte mein Herz durch meinen ganzen Körper hämmern. Ich hörte sie reden und hörte, wie sie sich verabschiedeten. Als ich aus meinem Zimmer kam, saß meine Mutter auf dem blauen Sofa. Sie sah mich eine ganze Weile an, bevor sie sagte, ich hätte mich sehr eigenartig verhalten. Und mein Kleid sei noch schmutziger als gewöhnlich.

»Es ist Tias Kleid.«

»Wieso hast du Tias Kleid an? Tia? Wer von ihnen ist Tia?«

Christophine, die in der Anrichte gelauscht hatte, kam auf der Stelle herein und erhielt die Anweisung, ein sauberes Kleid für mich zu suchen. »Wirf das Ding da weg. Verbrenn es.«

Dann stritten sie sich.

Christophine sagte, ich hätte kein sauberes Kleid.

»Sie hat nur zwei, eins für zum Waschen und eins für zum Anziehen. Soll das saubere Kleid vielleicht vom Himmel fallen? Manche Leute sind ehrlich verrückt.«

»Sie muss noch ein anderes Kleid haben«, sagte meine Mutter. »Irgendwo.« Aber Christophine schimpfte, es wär ne Schande, ich wär völlig verwildert, aus mir würd nie was werden. Und keinen kümmert's.

Meine Mutter ging ans Fenster. (»Von aller Welt abgeschnitten«, sagte ihr schmaler, gerader Rücken, ihr sorgfältig gewelltes Haar. »Von aller Welt abgeschnitten«.)

»Sie hat ein altes Musselinkleid. Such es.«

Während Christophine mir das Gesicht wusch und meine Zöpfe mit einem Stück Schnur zusammenband, erzählte sie mir, die Besucher wären die neuen Leute auf Nelson's Rest gewesen. Sie nannten sich Luttrell, aber ob englisch oder nicht, sie waren nicht wie der alte Mr Luttrell. »Der alte Mr Luttrell hätt ihnen ins Gesicht gespuckt, wenn er gesehen hätt, wie sie dich angeguckt haben. Heut is Ärger ins Haus gekommen. Ärger is ins Haus gekommen.«

Das alte Musselinkleid wurde gefunden und platzte, als ich mich hineinzwängte. Sie merkte es nicht.

Keine Sklaverei mehr! Da musste sie aber lachen! »Die Neuen, die haben das Gesetz. Eins dasselbe wie's andere. Sie haben ihren Magistrat. Sie haben Geldbußen. Sie haben Gefängnisse und Zwangsarbeit. Sie haben Tretmühlen, die den Leuten die Füße zerquetschen. Die Neuen sind schlimmer wie die Alten – nur schlauer.«

Den ganzen Abend sprach meine Mutter nicht mit mir, sah mich nicht einmal an, und ich dachte: »Sie schämt sich wegen mir, was Tia gesagt hat, ist wahr.«

Ich ging früh zu Bett und schlief sofort ein und träumte, ich ginge durch den Wald. Nicht allein. Jemand, der mich hasste, war bei mir, außer Sicht. Ich hörte schwere Schritte näher kommen, und obwohl ich mich mühte und schrie, konnte ich mich nicht bewegen. Weinend wachte ich auf. Das Laken lag auf dem Boden, und meine Mutter sah auf mich herab.

»Hattest du einen Albtraum?«

»Ja, einen schlimmen.«

Sie seufzte und deckte mich zu. »Du warst furchtbar laut. Ich muss zu Pierre, du hast ihm Angst gemacht.«

Ich lag da und dachte: »Ich bin in Sicherheit. Da ist die Ecke der Schlafzimmertür und das freundliche Mobiliar. Der Lebensbaum im Garten und die Mauer mit dem grünen Moos. Die Barriere der Klippen und die hohen Berge. Und die Barriere des Meers. Ich bin sicher. Ich bin vor Fremden sicher.«

Das Licht der Kerze in Pierres Zimmer war noch zu sehen, als ich wieder einschlief. Am nächsten Morgen wachte ich auf und wusste, dass nichts so sein würde wie früher. Es würde sich verändern und immer weiter verändern.

Ich weiß nicht, woher sie das Geld hatte, den weißen

und den rosa Musselin zu kaufen. Meterweise Musselin. Vielleicht hatte sie ihren letzten Ring verkauft, denn es war nur noch einer übrig. Ich hatte ihn in ihrem Schmuckkästchen gesehen – den Ring und ein Medaillon mit einem Kleeblatt darin. Gleich morgens fingen sie an zu heften und zu nähen und nähten immer noch, als ich ins Bett ging. Eine Woche später hatte sie ein neues Kleid, und ich hatte auch eins.

Die Luttrells liehen ihr ein Pferd, und oft ritt sie frühmorgens los und kam erst spät am nächsten Tag zurück – völlig übermüdet, weil sie auf einem Ball oder einem Mondschein-Picknick gewesen war. Sie war fröhlich und ausgelassen – jünger, als ich sie je erlebt hatte, und das Haus war traurig, wenn sie weg war.

Also verließ ich es ebenfalls und blieb weg, bis es dunkel wurde. Ich hielt mich nie lange an der Badestelle auf, nie begegnete ich Tia.

Ich nahm einen anderen Weg, vorbei an der alten Zuckerfabrik und dem Wasserrad, das sich seit Jahren nicht mehr drehte. Ich erkundete Teile von Coulibri, die ich noch nie gesehen hatte, wo es keine Straße gab, keinen Weg, keinen Pfad. Und wenn die rasiermesserscharfen Gräser mir Beine und Arme zerschnitten, dachte ich: »Immer noch besser als Menschen.« Schwarze oder rote Ameisen, große, vor weißen Ameisen wimmelnde Nester, Regen, der mich bis auf die Haut durchnässte – einmal sah ich eine Schlange. Alles besser als Menschen.

Besser. Besser, besser als Menschen.

Während ich die roten und gelben, von der Sonne beschienenen Blumen betrachtete und an nichts dachte, war es, als habe sich eine Tür geöffnet und ich wäre irgendwo anders, irgendetwas anderes. Nicht mehr ich selbst.

Ich kannte die Zeit des Tages, zu der es zwar heiß und blau und wolkenlos ist, der Himmel aber trotzdem sehr schwarz aussehen kann.

Ich war Brautjungfer, als meine Mutter Mr Mason in Spanish Town heiratete. Christophine hatte mir die Haare gelockt. Ich hielt einen Blumenstrauß in der Hand und alles, was ich anhatte, war neu – sogar meine wunderschönen Schuhe. Doch die Augen der anderen mieden mein hasserfülltes Gesicht. Ich hatte gehört, was all diese glatt lächelnden Leute über sie gesagt hatten, wenn sie es nicht hörte und sie nicht wussten, dass ich lauschte. Ich versteckte mich vor ihnen im Garten, wenn sie Coulibri besuchten, und lauschte.

»Eine absurde Heirat, die ihm noch leidtun wird. Wieso sollte ein derart wohlhabender Mann, der die Wahl unter allen westindischen Mädchen gehabt hätte, und wahrscheinlich auch unter vielen englischen –« »Wieso *wahrscheinlich*?«, sagte die andere Stimme. »Ganz gewiss.« »Wieso sollte der eine Witwe heiraten, die keinen Penny ihr eigen nennt, und dazu noch ist Coulibri völlig heruntergewirtschaftet? Die Schwierigkeiten nach der Abschaffung der Sklaverei haben den alten Cosway umgebracht? Unsinn – mit der Plantage ging es schon Jahre vorher bergab. Er hat sich zu Tode getrunken. Wie oft ist es vorgekommen, dass – nun ja! Und die ganzen Frauen! Sie hat nie etwas unternommen, um ihn davon abzuhalten – sie hat ihn sogar ermutigt. Jedes Weihnachten Geschenke und ein Lächeln für seine ganzen Bälger. Alte Bräuche? Manche alten Bräuche wären besser tot und begraben. Ihr neuer Mann wird einen schönen Batzen Geld hinblättern müssen, bevor das Haus wieder bewohnbar ist – löchrig wie ein Sieb. Und dazu die Ställe und das Kutschenhaus, die stockdunkel sind, und die Dienstbotenquartiere, und die zwei Meter lange Schlange, die ich mit meinen eigenen Augen zusammengerollt auf dem Toilettensitz gesehen habe, als ich das letzte Mal dort war. Ob ich mich erschrocken habe? Ich habe geschrien. Dann kam dieser grässliche alte Mann, den sie beherbergt, und hat sich gebogen vor Lachen. Und was die beiden Kinder angeht – der Junge schwachsinnig, niemand bekommt ihn je zu Gesicht, aus den Augen aus dem Sinn, und das Mädchen ist meiner Meinung nach auf dem besten Weg dahin – sie hat so einen *finsteren* Gesichtsausdruck.«

»Wie recht Sie haben«, sagte die andere Stimme. »Aber Annette ist nun einmal eine wirklich hübsche Person. Und was für eine Tänzerin. Erinnert mich an dieses Lied: ›Schwerelos wie eine Baumwollblüte im irgendwas Wind‹. Oder hieß es im Lufthauch? Ich kann mich nicht mehr erinnern.«

Ja, was für eine Tänzerin – an dem Abend, an dem sie von der Hochzeitsreise nach Trinidad zurückkamen, tanzten sie ohne Musik auf dem *Glacis*. Wenn sie tanzte, war Musik überflüssig. Sie blieben stehen, und sie beugte sich rücklings über seinen Arm, immer tiefer, bis ihre schwarzen Haare die Steinplatten berührten – und noch tiefer, tiefer. Dann kam sie lachend wieder hoch. Bei ihr sah es so leicht aus – als könne jeder es nachmachen, und er küsste sie – ein langer Kuss. Ich war dabei, aber sie hatten mich vergessen, und bald dachte ich nicht mehr an sie. Ich dachte an die Frau, die gesagt hatte: »Tanzen! Er ist nicht nach Westindien gekommen, um zu tanzen – sondern um Geld zu verdienen, wie sie alle. Einige der großen Plantagen sind für einen Spottpreis zu haben, und des einen Unglück ist des klugen Mannes Vorteil. Nein, das Ganze ist und bleibt ein Rätsel. Anscheinend hat es sein Gutes, eine Obeah-Frau aus Martinique bei der Hand zu haben.« Damit war Christophine gemeint. Sie sagte es scherzend, ohne es wirklich zu meinen, aber bald sagten es auch andere Leute – und meinten es.

Während die Reparaturarbeiten ausgeführt wurden und die beiden in Trinidad waren, wohnten Pierre und ich bei Tante Cora in Spanish Town.

Mr Mason hielt nicht viel von Tante Cora, einer früheren Sklavenhalterin, die allerdings von allen Unannehmlichkeiten verschont geblieben war und dem Schicksal ins Gesicht lachte.

»Wieso hat sie nichts unternommen, um euch zu helfen?«

Ich erklärte ihm, ihr Mann sei Engländer gewesen und habe uns nicht leiden können, und er sagte: »Unsinn.«

»Es ist kein Unsinn, sie haben in England gelebt, und er wollte nicht einmal, dass sie uns schrieb. Er hasste Westindien. Als er vor nicht allzu langer Zeit starb, kam sie nach Hause. Was hätte sie vorher schon tun können? *Sie* war ja nicht diejenige, die reich war.«

»Das ist ihre Version der Geschichte. Aber ich glaube sie nicht. Ich halte sie für eine verantwortungslose Person. An Stelle deiner Mutter würde ich ihr dieses Verhalten verübeln.«

»Keiner von euch versteht uns auch nur im Geringsten«, dachte ich.

Coulibri sah aus wie immer, als ich es wiedersah, allerdings war alles sauber und ordentlich, kein Gras zwischen den Steinplatten, keine undichten Stellen im Dach. Aber es fühlte sich anders an. Sass war zurückgekommen, worüber ich froh war. Sie können Geld *riechen*, sagte irgendwer. Mr Mason stellte neue Dienstboten ein – ich mochte keinen von ihnen, bis auf Mannie, den Stallburschen. Ihr Gerede über Christophine veränderte Coulibri, nicht die Reparaturen oder die neuen Möbel oder die fremden Gesichter. Ihr Gerede über Christophine und Obeah veränderte es.

Ich kannte ihr Zimmer so gut – die Bilder der Heiligen Familie und das eingerahmte Gebet um eine gute Sterbestunde. Sie hatte eine bunte Patchworkdecke als Überwurf, einen kaputten Schrank für ihre Kleider, und einen alten Schaukelstuhl, den meine Mutter ihr geschenkt hatte.

Doch als ich eines Tages dort wartete, bekam ich plötzlich große Angst. Die Tür stand offen und ließ die Sonne herein, jemand pfiff in der Nähe der Ställe vor sich hin, aber ich hatte Angst. Ich war sicher, dass irgendwo im Zimmer (hinter dem alten schwarzen Schrank?) die vertrocknete Hand eines toten Mannes versteckt war, weiße Hühnerfedern, ein Hahn mit durchgeschnittener Kehle, der langsam, langsam starb. Tropfen für Tropfen fiel das Blut in eine rote Schale, und ich bildete mir ein, es hören zu können. Niemand hatte je mit mir über Obeah gesprochen – aber ich wusste, was ich finden würde, wenn ich es wagte, nachzusehen. Dann kam Christophine herein, lächelnd, froh, mich zu sehen. Nichts Erschreckendes geschah je, und ich vergaß, oder redete mir selbst ein, ich hätte vergessen.

Mr Mason hätte gelacht, hätte er gewusst, wie verängstigt ich damals war. Er hätte noch herzhafter gelacht, als er es tat, als meine Mutter sagte, sie wolle Coulibri verlassen.

Es fing an, als sie etwas über ein Jahr verheiratet waren. Sie sagten immer dasselbe, und ich achtete kaum noch auf ihre Debatten. Ich wusste, dass man uns hasste – aber wegzugehen … ausnahmsweise einmal war ich mit meinem Stiefvater einer Meinung. Das war völlig unmöglich.

»Du musst doch einen Grund haben«, sagte er jedes Mal, und sie antwortete: »Ich brauche eine Veränderung« oder »Wir könnten Richard besuchen.« (Richard, Mr Masons Sohn aus erster Ehe, besuchte eine Schule auf Barbados. Bald würde er nach England gehen, und wir hatten ihn kaum je gesehen.)

»Ein Verwalter könnte sich um alles hier kümmern. Für den Augenblick. Die Leute hier hassen uns. Jedenfalls hassen sie mich.« Ganz offen und geradeheraus sagte sie das eines Tages, und da lachte er so herzhaft.

»Annette, sei doch vernünftig. Du warst die Witwe eines Sklavenhalters, die Tochter eines Sklavenhalters, aber du hast fast fünf Jahre lang mit zwei Kindern allein hier gelebt, als wir uns kennenlernten. Damals standen die Dinge am schlimmsten. Und niemand ist dir je zu nahe getreten, niemand hat dir je Schaden zugefügt.«

»Woher willst du wissen, dass mir kein Schaden zugefügt wurde?«, sagte sie. »Wir waren damals so arm«, erklärte sie ihm, »dass man über uns lachen konnte. Jetzt sind wir nicht mehr arm«, fuhr sie fort. »Du bist kein armer Mann. Meinst du, sie wissen nicht alles über dein Anwesen in Trinidad? Und den Besitz auf Antigua? Sie reden ununterbrochen über uns. Sie verbreiten Geschichten über dich und Lügen über mich. Sie versuchen herauszufinden, was wir jeden Tag essen.«

»Sie sind neugierig. Das ist doch nur natürlich. Du hast viel zu lange allein gelebt, Annette. Du bildest dir Feindseligkeiten ein, die es nicht gibt. Immer das eine oder das andere Extrem. Bist du mir nicht ins Gesicht gesprungen wie eine kleine Wildkatze, als ich ›Nigger‹ gesagt habe? Nicht Nigger, nicht einmal Neger darf ich sagen. Ich muss ›Schwarze‹ sagen.«

»Du kannst das Gute in ihnen nicht sehen, du erkennst es nicht einmal«, sagte sie. »Und du willst einfach nicht glauben, dass sie außerdem auch noch eine andere Seite haben.«

»Verdammt, sie sind viel zu träge, um gefährlich zu werden«, sagte Mr Mason. »Das zumindest weiß ich.«

»In ihnen steckt mehr Leben als in dir, ob träge oder nicht, und sie können aus Gründen, die du nicht verstehst, gefährlich und grausam sein.«

»Nein, ich verstehe nicht«, sagte Mr Mason jedes Mal. »Ich verstehe überhaupt nichts.«

Aber sie hörte nicht auf, vom Weggehen zu sprechen. Beharrlich. Zornig.

An jenem Abend hielt Mr Mason auf dem Nachhauseweg in der Nähe der leeren Hütten an. »Sie sind alle zu einem ihrer Tänze gegangen«, sagte er. »Jung und Alt. Wie verlassen alles aussieht.«

»Wenn es einen Tanz gibt, werden wir die Trommeln hören.« Ich hoffte, er würde schnell weiterreiten, aber er blieb bei den Hütten, um den Sonnenuntergang zu beobachten, der Himmel und das Meer loderten, als wir Bertrand Bay endlich verließen. Schon von Weitem sah ich den Schatten unseres Hauses hoch oben auf seinen steinernen Grundmauern. Es roch nach Farnen und Flusswasser, und ich fühlte mich wieder sicher, als sei ich eine der Rechtschaffenen. (Godfrey sagte, wir seien nicht rechtschaffen. Eines Tages, als er betrunken war, sagte er zu mir, wir wären alle verdammt, da würde auch kein Beten helfen.)

»Sie haben sich eine sehr heiße Nacht für ihren Tanz ausgesucht«, sagte Mr Mason, als Tante Cora aufs *Glacis* hinauskam.

»Was für ein Tanz? Wo?«

»In der Nachbarschaft findet irgendein Fest statt. Die Hütten waren leer. Vielleicht eine Hochzeit?«

»Keine Hochzeit«, sagte ich. »Sie feiern nie Hochzeiten.« Er sah mich stirnrunzelnd an, aber Tante Cora lächelte.

Als sie hineingegangen waren, legte ich die Arme auf das kühle *Glacis*-Geländer und dachte, dass ich ihn nie besonders mögen würde. Insgeheim nannte ich ihn immer noch »Mr Mason«. »Gute Nacht, weißer Papi«, sagte ich eines Abends, und er war nicht verärgert, er lachte. In mancher Hinsicht war es jedoch besser, bevor er kam, auch wenn er uns vor Armut und Elend gerettet hatte. »Gerade noch rechtzeitig.« Aber die Schwarzen hatten uns nicht ganz so sehr gehasst, als wir arm waren. Wir waren zwar weiß, aber wir waren nicht verschont geblieben, und bald würden wir tot sein, weil wir kein Geld mehr hatten. Warum also sollten sie uns hassen?

Jetzt jedoch hatte es wieder angefangen, und zwar schlimmer als zuvor, meine Mutter weiß es, kann ihn aber nicht dazu bringen, es einzusehen. Ich wünschte, ich könnte ihm sagen, dass es hier bei uns keineswegs so ist, wie die Engländer glauben. Ich wünschte ...

Ich hörte sie reden und Tante Cora lachen. Ich war froh, dass sie bei uns war. Und ich hörte den Bambus rascheln und knarren, obwohl kein Wind ging. Es war schon seit Tagen heiß und windstill und trocken. Die Farben waren aus dem Himmel gewichen, das Licht war blau und würde sich nicht lange halten können. Das *Glacis* war kein guter Ort, wenn die Nacht kam, sagte Christophine. Als ich ins Haus ging, sprach meine Mutter mit erregter Stimme.

»Also gut. Da du dich weigerst, es auch nur in Betracht zu ziehen, werde *ich* gehen und Pierre mitnehmen. Dagegen wirst du doch wohl keine Einwände haben?«

»Du hast völlig recht, Annette«, sagte Tante Cora, was mich überraschte. Sie sagte nur selten etwas, wenn die beiden stritten.

Mr Mason wirkte ebenfalls überrascht und alles andere als erfreut.

»Du redest wirres Zeug«, sagte er. »Und du irrst dich sehr. Aber natürlich kannst du weggehen, wenn du es möchtest. Versprochen.«

»Das hast du auch schon früher versprochen«, sagte sie. »Aber du hältst dich nicht an deine Versprechungen.«

Er seufzte. »Ich fühle mich hier nun einmal sehr wohl. Aber ich werde etwas in die Wege leiten. Sehr bald.«

»Ich bleibe jedenfalls nicht länger auf Coulibri«, sagte meine Mutter. »Es ist nicht sicher. Es ist nicht sicher für Pierre.«

Tante Cora nickte.

Da es schon spät war, aß ich mit ihnen, statt wie üblich allein. Myra, eine der neuen Bediensteten, stand an der Anrichte und wartete darauf, die Teller abzutragen. Wir aßen neuerdings englisches Essen, Rind und Hammel, Pasteten und Fleischpuddings.

Ich war froh, wie ein englisches Mädchen zu sein, vermisste jedoch den Geschmack von Christophines Gerichten.

Mein Stiefvater sprach über sein Vorhaben, Arbeitskräfte aus Ostindien zu importieren – Kulis nannte er sie. Als Myra das Zimmer verlassen hatte, sagte Tante Cora: »An deiner Stelle würde ich lieber nicht über diese Dinge sprechen. Myra lauscht.«

»Aber die Leute hier arbeiten nicht. Sie wollen nicht arbeiten. Sieh dir das Anwesen doch an – es könnte einem das Herz brechen.«

»Herzen wurden bereits gebrochen«, sagte sie. »Dessen kannst du sicher sein. Ich hoffe, du weißt, was du tust.«

»Willst du damit sagen –«

»Ich will gar nichts sagen, außer, dass es klüger wäre, diese Frau nicht über deine Pläne in Kenntnis zu setzen – so notwendig und angebracht sie zweifellos sind. Ich traue ihr nicht.«

»Ihr habt den größten Teil eures Lebens hier verbracht und wisst nichts über diese Leute. Es ist verblüffend. Sie sind Kinder – sie würden keiner Fliege etwas zuleide tun.«

»Unglücklicherweise tun Kinder genau das«, entgegnete Tante Cora.

Myra kam zurück und sah so kummervoll aus wie immer, sie lächelte nur, wenn sie über die Hölle sprach. Alle würden in die Hölle kommen, sagte sie zu mir, man musste ihrer Sekte angehören, um gerettet zu werden, und selbst dann war es besser, sich nicht allzu sicher zu fühlen. Sie hatte dünne Arme und große Hände und Füße, und das Tuch, das sie um den Kopf trug, war immer weiß. Nie gestreift oder fröhlich bunt.

Also sah ich von ihr weg auf mein Lieblingsbild, »Die Müllerstochter«, ein wunderschönes englisches Mädchen mit braunen Locken und blauen Augen und einem Kleid, das ihr von der Schulter glitt. Dann sah ich quer über das weiße Tischtuch und die Vase mit den gelben Rosen hinweg auf Mr Mason, sich seiner selbst so sicher, so unzweifelhaft englisch. Und auf meine Mutter, so unzweifelhaft nicht englisch, aber auch kein weißer Nigger. Nicht meine Mutter. Sie war nie ein weißer Nigger gewesen. Könnte nie einer sein. Ja, sie wäre gestorben, dachte ich, wenn sie ihn nicht kennengelernt hätte. Und zum ersten Mal war ich dankbar und mochte ihn. Es gibt immer mehr als eine Möglichkeit, glücklich zu sein, vielleicht war es besser, sich friedvoll und zufrieden und beschützt zu fühlen, so wie ich mich nun fühlte, friedvoll für viele lange Jahre, und hinterher würde ich vielleicht doch gerettet, egal, was Myra sagte. (Als ich Christophine fragte, was passierte, wenn man starb, sagte sie: »Du willst zu viel wissen.«) Ich dachte sogar daran, meinem Stiefvater einen Gute-Nacht-Kuss zu geben. Einmal hatte Tante Cora zu mir gesagt: »Es kränkt ihn sehr, dass du ihn nie küsst.«

»Er sieht aber nicht gekränkt aus«, widersprach ich.

»Es ist ein großer Fehler, dem Aussehen nach zu urteilen«, sagte sie. »Ob so oder so.«

Ich ging in Pierres Zimmer, das neben meinem lag, es war das letzte im Haus. Der Bambus wuchs gleich vor seinem Fenster. Man konnte ihn fast berühren. Pierre hatte immer noch sein Kinderbett und schlief immer mehr, fast die ganze Zeit. Er war so dünn, dass ich ihn leicht hochheben konnte. Mr Mason hatte versprochen, ihn später nach England zu bringen, dort würde er geheilt werden, damit er so war wie alle anderen. »Würde dir das gefallen?«, dachte ich, als ich ihn küsste. »Würde es dir gefallen, so zu sein wie alle anderen?« Im Schlaf sah er glücklich aus. »Aber das kommt erst später. Später. Schlaf jetzt.« In diesem Augenblick hörte ich den Bambus erneut knarren, und dazu ein Geräusch, das wie ein Flüstern klang. Ich zwang mich, aus dem Fenster zu schauen. Es war Vollmond, aber ich sah niemanden, nichts als Schatten.

Ich ließ ein Licht auf dem Stuhl neben meinem Bett brennen und wartete auf Christophine, denn ich liebte es, sie als Letztes zu sehen. Aber sie kam nicht, und als die Kerze herunterbrannte, verließ mich das sichere, friedvolle Gefühl. Ich wünschte, ich hätte einen großen kubanischen Hund, der neben meinem Bett lag und mich beschützte, ich wünschte, ich hätte kein Geräusch im Bambus gehört, oder dass ich wieder klein wäre, denn damals glaubte ich an meinen Stock. Es war kein wirklicher Stock, sondern ein langes, schmales Stück Holz, mit zwei am Ende herausragenden Nägeln, vielleicht eine Dachlatte. Ich fand sie, kurz nachdem unser Pferd getötet worden war, und dachte, damit kann ich kämpfen; wenn es hart auf hart kommt, kann ich bis zum bitteren Ende kämpfen, obwohl die Besten immer fallen, aber das ist eine andere Geschichte. Christophine klopfte die Nägel heraus, aber sie erlaubte mir, die Latte zu behalten, und ich schloss sie in mein Herz und glaubte, niemand könne mir ein Leid antun, wenn sie in meiner Nähe war; sie zu verlieren, wäre ein großes

Unglück gewesen. Das alles war vor langer Zeit, als ich noch ein halbes Baby und davon überzeugt war, alles sei lebendig, nicht nur der Fluss oder der Regen, sondern auch Stühle, Spiegel, Tassen, Teller, alles.

Ich wachte auf, und es war immer noch Nacht, und meine Mutter war da. Sie sagte: »Steh auf und zieh dich an und komm schnell nach unten.« Sie war angezogen, hatte die Haare aber nicht hochgesteckt, und einer ihrer Zöpfe hatte sich gelöst. »Mach schnell«, sagte sie noch einmal, dann ging sie in Pierres Zimmer nebenan. Ich hörte sie mit Myra sprechen, und ich hörte Myra antworten. Ich lag da, immer noch im Halbschlaf, den Blick auf die brennende Kerze auf der Kommode gerichtet, bis ich ein Geräusch hörte, als sei in dem kleinen Zimmer ein Stuhl umgefallen. Da stand ich auf und zog mich an.

Das Haus lag auf unterschiedlichen Ebenen. Drei Stufen führten von meinem und Pierres Zimmer zum Esszimmer, und dann drei weitere Stufen von dort in den Rest des Hauses, den wir »unten« nannten. Die Falttüren des Esszimmers waren nicht geschlossen, und ich sah, dass das große Wohnzimmer voller Menschen war. Mr Mason, meine Mutter, Christophine und Mannie und Sass. Tante Cora saß in einem schwarzen Seidenkleid auf dem blauen Sofa in der Ecke, ihre Ringellocken waren sorgfältig arrangiert. Sie sah sehr vornehm aus, fand ich. Godfrey allerdings war nicht da, und auch Myra nicht, und auch nicht die Köchin oder einer von den anderen.

»Es besteht kein Grund zur Beunruhigung«, sagte mein Stiefvater, als ich das Zimmer betrat. »Es ist nur eine Handvoll betrunkener Neger.« Er öffnete die Tür, die auf das *Glacis* führte, und trat hinaus. »Was hat das alles zu bedeuten?«, schrie er. »Was wollt ihr?« Ein grässliches Geräusch erhob sich, wie das Geheul von Tieren, bloß schlimmer. Wir hörten Steine auf das *Glacis* aufschlagen. Er war blass, als er wieder hereinkam, versuchte aber zu lächeln, als er die Tür schloss und verriegelte. »Es sind mehr, als ich dachte, und sie sind in übler Stimmung. Morgen früh tut es ihnen leid und sie bringen uns eingelegte Tamarinden und Ingwerplätzchen.«

»Morgen ist es zu spät«, sagte Tante Cora. »Zu spät für Ingwerplätzchen oder sonst etwas.« Meine Mutter hörte den beiden nicht einmal zu. Sie sagte: »Pierre schläft, Myra ist bei ihm, ich hielt es für das Beste, ihn in seinem Zimmer zu lassen, fern von diesem schrecklichen Lärm. Ich weiß nicht. Vielleicht.« Sie rang die Hände, dabei rutschte ihr Ehering von ihrem Finger und rollte in eine Ecke neben der Treppe. Mein Stiefvater und Mannie bückten sich beide danach, dann richtete Mannie sich auf und sagte: »Oh, Gott, sie sind hinten, sie haben die Rückseite vom Haus angesteckt.« Er deutete auf meine Zimmertür, die ich hinter mir zugemacht hatte. Rauch quoll darunter hervor.

Ich sah nicht, wie meine Mutter sich bewegte, so schnell war sie. Sie öffnete die Tür meines Zimmers, und wieder sah ich nicht sie, sondern nur Rauch. Mannie rannte ihr nach, ebenso Mr Mason, aber langsamer. Tante Cora legte die Arme um mich und sagte: »Hab keine Angst, du bist in Sicherheit. Wir alle sind in Sicherheit.« Nur für einen Augenblick schloss ich die Augen und lehnte den Kopf an ihre Schulter. Sie roch nach Vanille, wie ich mich erinnere. Dann war da ein anderer Geruch, nach verbrannten Haaren, und ich hob den Kopf und meine Mutter war im Zimmer, Pierre in den Armen. Ihre offenen Haare hatten Feuer gefangen. Sie waren es, die so rochen.

Ich dachte: Pierre ist tot. Er sah tot aus. Er war kreidebleich und gab keinen Laut von sich, und sein Kopf hing nach hinten und baumelte über ihrem Arm, als sei kein Leben mehr in ihm, und seine Augen waren verdreht, so dass man nur noch das Weiße sah. Mein Stiefvater sagte: »Annette, du bist verletzt – deine Hände ...« Aber sie sah ihn nicht einmal an. »Sein Bettchen stand in Flammen«, sagte sie zu Tante Cora. »Das kleine Zimmer steht in Flammen, und Myra war nicht da. Sie ist fort. Sie war nicht da.«

»Das überrascht mich überhaupt nicht«, sagte Tante Cora. Sie legte Pierre aufs Sofa, beugte sich über ihn, hob dann ihren Rock, trat aus ihrem weißen Unterrock und fing an, ihn in Streifen zu reißen.

»Sie hat ihn alleingelassen, sie ist weggelaufen und

hat ihn allein und dem Tod überlassen«, sagte meine Mutter, immer noch flüsternd. Daher war es um so schrecklicher, als sie anfing, Mr Mason anzuschreien, er sei ein Dummkopf, ein gefühlloser, verbohrter Dummkopf. »Ich habe es dir gesagt«, schrie sie. »Ich habe dir immer und immer wieder gesagt, was passieren würde.« Ihre Stimme brach, doch sie schrie immer noch. »Du hast nicht auf mich gehört, du hast dich über mich lustig gemacht, du grinsender Heuchler, du hast es nicht verdient, am Leben zu bleiben, du weißt ja so viel, nicht wahr? Wieso gehst du nicht raus und sagst ihnen, sie sollen dich gehen lassen? Sag ihnen, wie unschuldig du bist. Sag ihnen, dass du ihnen immer vertraut hast.«

Ich war so schockiert, dass ich alles nur noch verworren wahrnahm. Und alles geschah so schnell. Mannie und Sass wankten mit zwei großen Tonkrügen voll Wasser vorbei, die immer in der Anrichte standen. Sie kippten das Wasser ins Schlafzimmer, wo es eine schwarze Pfütze auf dem Boden bildete, aber der Rauch wälzte sich über die Pfütze hinweg. Dann kam Christophine zurück, die ins Schlafzimmer meiner Mutter gerannt war, um den Krug von dort zu holen, und sagte etwas zu meiner Tante. »Anscheinend haben sie die andere Seite des Hauses in Brand gesteckt«, sagte Tante Cora. »Sie müssen auf den Baum draußen geklettert sein. Das Haus wird brennen wie Zunder, und wir können nichts tun, um es zu verhindern. Je schneller wir hier rauskommen, desto besser.«

Mannie fragte den Jungen: »Hast du Angst?« Sass schüttelte den Kopf. »Dann komm«, sagte Mannie. »Aus dem Weg«, sagte er und stieß Mr Mason beiseite. Eine schmale Holztreppe führte von der Anrichte zu den Außengebäuden, der Küche, den Dienstbotenquartieren, den Ställen. Dorthin wollten sie. »Nimm das Kind«, sagte Tante Cora zu Christophine. »Und komm.«

Auch auf dem *Glacis* war es sehr heiß, Gebrüll erhob sich, als wir nach draußen kamen, dann war hinter uns ein anderes Brüllen zu hören. Ich hatte keine Flammen gesehen, nur Rauch und Funken, jetzt jedoch sah ich hohe Flammen in den Himmel schießen, denn der Bambus hatte Feuer gefangen. In der Nähe standen mehrere Baumfarne, grün und feucht, auch einer von ihnen schwelte.

»Beeilt euch«, sagte Tante Cora und ging als Erste, meine Hand haltend. Christophine folgte mit Pierre. Alle waren still, als wir die Stufen des *Glacis* hinuntergingen. Doch als ich mich nach meiner Mutter umblickte, sah ich, dass Mr Mason, dessen Gesicht rot war vor Hitze, sie hinter sich herzerrte, aber sie wehrte und sträubte sich. Ich hörte ihn sagen: »Unmöglich, es ist zu spät.«

»Will sie ihre Schmuckschatulle holen?«, fragte Tante Cora.

»Schmuckschatulle? Nichts derart Vernünftiges«, empörte sich Mr Mason. »Sie will zurück, um ihren verdammten Papagei zu holen. Aber das lasse ich nicht zu.« Sie antwortete nicht, kämpfte nur stumm gegen ihn an, wand sich wie eine Katze und bleckte die Zähne.

Unser Papagei hieß Coco, ein grüner Papagei. Er konnte nicht sehr gut sprechen, er konnte *Qui est là? Qui est là?* fragen und gab sich sogleich selbst die Antwort: *Ché Coco, Ché Coco*. Nachdem Mr Mason ihm die Flügel gestutzt hatte, wurde er sehr griesgrämig, und obwohl er immer ganz friedlich auf der Schulter meiner Mutter saß, stürzte er sich auf alle, die in ihre Nähe kamen und pickte nach ihren Füßen.

»Annette«, sagte Tante Cora. »Sie lachen über dich, lass nicht zu, dass sie über dich lachen.« Da hörte sie auf, sich zu wehren, und halb stützte Mr Mason sie, halb zog er sie hinter uns her, wobei er laut fluchte.

Die anderen waren immer noch ganz still, und es waren so viele, dass ich kaum Gras oder Bäume sehen konnte. Es müssen viele der Buchtbewohner dabei gewesen sein, aber ich erkannte niemanden. Alle sahen gleich aus, das gleiche Gesicht wiederholte sich immer wieder, blitzende Augen, halb zum Schrei geöffnete Münder. Wir waren schon am Trittstein vorbei, der als Hilfe beim Aufsteigen diente, als sie Mannie mit der Kutsche um die Ecke kommen sahen. Sass folgte ihm auf einem Pferd, während er ein zweites an der Leine hinter sich herführte. Das Pferd, das er führte, trug einen Damensattel.

Jemand schrie: »Da kommt der schwarze Engländer! Da kommen die weißen Nigger!«, und dann schrien alle: »Da kommen die weißen Nigger! Da kommen die verdammten weißen Nigger!« Ein Stein verfehlte nur ganz knapp Mannies Kopf, er schrie einen Fluch in ihre Richtung, und sie wichen vor den sich aufbäumenden, verängstigten Pferden zurück. »Macht schon, um Himmels Willen«, sagte Mr Mason. »Zur Kutsche, zu den Pferden.« Aber wir konnten uns nicht bewegen, sie umdrängten uns zu dicht. Einige von ihnen lachten und fuchtelten mit Stöcken, einige weiter hinten hielten Fackeln in den Händen, und es war taghell. Tante Cora hielt meine Hand fest umklammert, ihre Lippen bewegten sich, aber ich konnte wegen des Lärms nichts hören. Und ich hatte Angst, weil ich wusste, dass diejenigen, die lachten, die Schlimmsten sein würden. Ich machte die Augen zu und wartete. Mr Mason hörte auf zu fluchen und fing mit lauter, andächtiger Stimme an zu beten. Das Gebet endete mit: »Allmächtiger Gott, steh uns bei.« Und Gott, der wahrhaft rätselhaft ist, der kein Zeichen gesandt hatte, als sie Pierre im Schlaf verbrannten – keinen Donnerschlag, keinen Blitz –, dieser rätselhafte Gott erhörte Mr Mason und antwortete ihm auf der Stelle. Das Geschrei verstummte.

Ich öffnete die Augen, alle schauten hoch und deuteten auf Coco, der mit brennenden Federn auf dem *Glacis*-Geländer saß. Er versuchte, vom Geländer zu fliegen, doch seine gestutzten Flügel trugen ihn nicht und er stürzte kreischend nach unten. Nun stand er ganz in Flammen.

Ich fing an zu weinen. »Nicht hinsehen«, sagte Tante Cora. »Nicht hinsehen.« Sie beugte sich über mich und legte die Arme um mich, und ich verbarg mein Gesicht, aber ich spürte, dass sie nicht mehr ganz so nah waren. Ich hörte jemanden etwas von Unglück sagen und erinnerte mich daran, dass es Unglück brachte, einen Papagei zu töten oder auch nur zu sehen, wie ein Papagei starb. Sie fingen an, sich zurückzuziehen, schnell, stumm, und die, die übrig blieben, traten beiseite und beobachteten, wie wir hintereinander über das Gras gingen. Sie lachten nicht mehr.

»Zur Kutsche, zur Kutsche«, sagte Mr Mason. »Beeilt euch.« Er ging als Erster, den Arm meiner Mutter haltend, dann kam Christophine mit Pierre. Tante Cora war die Letzte, immer noch meine Hand in ihrer. Keiner von uns sah zurück.

Mannie hatte die Pferde an der Biegung der gepflasterten Straße angehalten, und als wir näher kamen, hörten wir ihn rufen: »Was seid ihr bloß, he? Wilde Tiere?« Er meinte eine Gruppe von mehreren Männern und einigen Frauen, die um die Kutsche herumstanden. Ein farbiger Mann mit einer Machete in der Hand hatte die Zügel gepackt. Sass und die beiden Pferde waren nicht zu sehen. »Steigt ein«, sagte Mr Mason. »Achtet nicht auf ihn, steigt ein.« Der Mann mit der Machete sagte nein. Wir würden nur zur Polizei laufen und eine Menge verdammter Lügen erzählen. Eine Frau sagte, er solle uns gehen lassen. Alles wäre nur ein Unglück, und sie hätten reichlich Zeugen. »Myra wird für uns sprechen.«

»Halt den Mund«, entgegnete der Mann. »Wenn du einen Tausendfüßler zertrittst, dann richtig. Lässt du nur ein kleines Stückchen übrig, wächst er nach … Was meinst du wohl, wem die Polizei glaubt, he? Dir oder dem weißen Nigger?«

Mr Mason starrte ihn an. Er wirkte nicht ängstlich, sondern nur zu erstaunt, um etwas sagen zu können. Mannie hob die Peitsche, aber einer der schwärzeren Männer entwand sie ihm, zerbrach sie über seinem Knie und warf sie weg. »Lauf weg, schwarzer Engländer, wie der Junge weggelaufen is. Versteck dich im Gebüsch. Das wär besser für dich.« Es war Tante Cora, die vortrat und sagte: »Der kleine Junge ist sehr schwer verletzt. Er wird sterben, wenn er keine Hilfe bekommt.«

Der Mann sagte: »Schwarz und weiß, sie brennen also gleich?«

»Oh, ja«, antwortete sie. »Hier und im Jenseits, wie du sehr bald feststellen wirst.«

Er ließ die Zügel los und schob sein Gesicht dicht vor ihres. Er würde sie ins Feuer werfen, sagte er, wenn sie das Unglück auf ihn herabbeschwor. Alte weiße *jumby*, nannte er sie. Aber sie wich keinen Zentimeter zurück, sie sah ihm fest in die Augen und drohte ihm mit ruhiger Stimme mit dem Höllenfeuer. »Und nie auch nur ein Tropfen Sangaree, um deine brennende Zunge zu kühlen«, sagte sie. Er verfluchte sie noch einmal, wich aber zurück. »Steigt endlich ein«, sagte Mr Mason. »Christophine, steig mit dem Kind ein.« Christophine tat es. »Jetzt du«, sagte er zu meiner Mutter. Aber sie hatte sich umgedreht und sah zum Haus zurück, und als er ihren Arm berührte, schrie sie auf.

Eine Frau sagte, sie sei nur aus Neugier gekommen. Eine andere fing an zu weinen. Der Mann mit der Machete sagte: »Du weinst um sie – wann hat sie je um dich geweint? Kannst du mir das sagen?«

Aber jetzt drehte auch ich mich um. Das Haus brannte lichterloh, der gelbrote Himmel war wie ein Sonnenuntergang, und ich wusste, dass ich Coulibri nie wiedersehen würde. Nichts würde übrig bleiben, nicht die Gold- und die Silberfarne, nicht die Orchideen, die rötlichgelben Lilien und die Rosen, die Schaukelstühle und das blaue Sofa, der Jasmin und das Geißblatt, auch nicht das Bild der Müllerstochter. Wenn alles vorbei war, würde es nur noch rußgeschwärzte Wände und den Trittstein geben. Der blieb immer. Der konnte nicht gestohlen oder verbrannt werden.

Dann sah ich gar nicht so weit weg Tia und ihre Mutter und rannte auf sie zu, denn sie war alles, was von meinem bisherigen Leben übrig geblieben war. Wir hatten gemeinsam gegessen, hatten Seite an Seite geschlafen, hatten im selben Fluss gebadet. Beim Laufen dachte ich, ich werde bei Tia leben und wie sie sein. Coulibri nicht verlassen. Nicht weggehen. Nicht. Als ich fast bei ihr war, sah ich den scharfkantigen Stein in ihrer Hand, aber ich sah nicht, wie sie ihn warf. Ich fühlte ihn auch nicht, fühlte nur etwas Feuchtes, das über mein Gesicht lief. Ich schaute sie an und sah, wie ihr Gesicht sich verzerrte und sie zu weinen anfing. Wir starrten einander an, Blut auf meinem Gesicht, Tränen auf ihrem. Es war, als sähe ich mich selbst. Wie in einem Spiegel.

*

»Ich habe meinen Zopf gefunden, mit einem rotem Band zusammengebunden, als ich aufgestanden bin«, sagte ich. »In der Schublade. Ich dachte, es ist eine Schlange.«

»Wir mussten dir die Haare abschneiden. Du warst sehr krank, mein Liebling«, sagte Tante Cora. »Aber jetzt bist du bei mir in Sicherheit. Wir sind alle in Sicherheit, wie ich gesagt habe. Aber du musst im Bett bleiben. Wieso läufst du im Zimmer herum? Deine Haare werden wieder wachsen«, sagte sie. »Länger und dichter.«

»Aber dunkler«, sagte ich.

»Wieso nicht dunkler?«

Sie trug mich zum Bett, und ich war froh, die weiche Matratze zu spüren, froh, mit einem kühlen Laken zugedeckt zu werden.

»Es ist Zeit für deinen Pfeilwurz«, sagte sie und verließ das Zimmer. Als ich ausgetrunken hatte, nahm sie die Tasse und sah auf mich hinunter.

»Ich bin aufgestanden, weil ich wissen wollte, wo ich bin.«

»Und du weißt es, nicht wahr?«, fragte sie mit besorgter Stimme.

»Natürlich. Aber wie bin ich in dein Haus gekommen?«

»Die Luttrells waren sehr gut zu uns. Sobald Mannie Nelson's Rest erreichte, schickten sie vier Männer mit einer Hängematte. Du wurdest gehörig durchgerüttelt, aber sie taten ihr Bestes. Der junge Mr Luttrell ritt die ganze Zeit neben dir her. War das nicht nett von ihm?«

»Ja«, sagte ich. Sie sah dünn und alt aus und ihre Haare waren nicht hübsch frisiert, daher schloss ich die Augen, weil ich sie nicht sehen wollte.

»Pierre ist tot, nicht wahr?«

»Er ist unterwegs gestorben, der arme Kleine«, sagte sie.

»Er ist schon vorher gestorben«, dachte ich, war aber zu müde, um zu sprechen.

»Deine Mutter ist auf dem Land. Um sich auszuruhen. Um wieder gesund zu werden. Du wirst sie bald sehen.«

»Das wusste ich nicht«, sagte ich. »Wieso ist sie weggegangen?«

»Du warst fast sechs Wochen lang sehr krank. Du hast nichts mitbekommen.«

Was hatte es für einen Sinn, ihr zu sagen, dass ich

schon vorher wach gewesen war und gehört hatte, wie meine Mutter »*Qui est là? Qui est là?*« schrie, und dann »Rühr mich nicht an. Ich bringe dich um, wenn du mich anrührst. Feigling. Heuchler. Ich bringe dich um.« Ich hatte mir die Ohren zugehalten, ihr Geschrei war so laut und schrecklich. Dann schlief ich ein, und als ich wieder aufwachte, war alles still.

Tante Cora stand immer noch an meinem Bett und sah mich an.

»Mein Kopf ist verbunden. Es ist so heiß«, sagte ich. »Werde ich eine Narbe auf der Stirn zurückbehalten?«

»Nein, nein.« Zum ersten Mal lächelte sie. »Die Wunde heilt sehr schön. Sie wird dich an deinem Hochzeitstag nicht verschandeln«, sagte sie.

Damit beugte sie sich zu mir hinab und küsste mich. »Möchtest du noch irgendetwas? Etwas Kaltes zu trinken?«

»Nein, nichts zu trinken. Sing mir etwas vor. Das möchte ich.«

Mit zittriger Stimme fing sie an.

»Jeden Abend um halb neun
Ertönt ein Klopf Klopf Klopfen –«

»Nein, nicht das. Das mag ich nicht. Sing *Ehe ich erlöst wurde*.«

Sie setzte sich neben mich und sang mit sehr leiser Stimme »Ehe ich erlöst wurde.« Ich hörte zu bis »Der

Kummer, der mein Herz erfüllt –« Das Ende hörte ich nicht, aber diesen Satz hörte ich, bevor ich einschlief: »Der Kummer, der mein Herz erfüllt.«

Ich würde meine Mutter sehen. Ich hatte darauf bestanden, dass Christophine mich begleitete, niemand sonst, und da ich noch nicht wieder völlig gesund war, hatten sie nachgegeben. Ich erinnere mich an das dumpfe Gefühl, das ich während der Fahrt empfand, denn ich erwartete nicht wirklich, sie zu sehen. Sie war ein Teil von Coulibri, das es nicht mehr gab, also gab es auch sie nicht mehr, dessen war ich sicher. Aber als wir das gepflegte, hübsche Häuschen erreichten, in dem sie jetzt lebte (wie sie sagten), sprang ich aus der Kutsche und lief, so schnell ich konnte, über den Rasen. Eine Verandatür stand offen. Ich lief, ohne anzuklopfen, hinein und starrte die Menschen im Zimmer an. Ein farbiger Mann, eine farbige Frau und eine weiße Frau, die den Kopf so tief gesenkt hatte, dass ich ihr Gesicht nicht sehen konnte. Aber ich erkannte ihre Haare, ein Zopf war viel kürzer als der andere. Und ihr Kleid. Ich schlang die Arme um sie und küsste sie. Sie drückte mich so fest an sich, dass ich keine Luft bekam, und ich dachte: »Das ist sie nicht.« Dann: »Sie muss es sein.« Sie blickte zur Tür, dann auf mich, dann wieder zur Tür. Ich konnte nicht sagen »Er ist tot«, also schüttelte ich nur den Kopf. »Aber ich bin hier, ich bin hier«, rief ich, und sie sagte leise: »Nein«. Dann, sehr laut: »Nein nein nein«, und sie stieß mich von sich. Ich taumelte gegen die Trennwand. Es tat weh. Der Mann und die Frau hielten ihre Arme fest, und Christophine war da. Die Frau sagte: »Wieso bringst du das Kind mit, das gibt nur Ärger, Ärger, Ärger. Wir haben auch so genug Ärger.«

Auf dem ganzen Rückweg zu Tante Coras Haus sagten wir kein Wort.

Am ersten Tag, an dem ich in die Klosterschule musste, klammerte ich mich an Tante Cora, wie man sich an ein geliebtes Leben klammern würde. Schließlich wurde sie ungeduldig, und ich zwang mich, sie loszulassen und durch den Flur zu gehen, die Treppe hinunter auf die Straße, und genau wie ich es gewusst hatte, warteten sie unter dem Sandbüchsenbaum auf mich. Es waren zwei, ein Junge und ein Mädchen. Der Junge war etwa vierzehn und groß und kräftig für sein Alter, seine Haut war weiß, von einem stumpfen, hässlichen Weiß, übersät mit Sommersprossen. Sein Mund war der eines Negers, und er hatte kleine Augen, wie grüne Glasstückchen. Die Augen eines toten Fischs. Am schlimmsten, am entsetzlichsten aber war, dass seine Haare gekräuselt waren, es waren Negerhaare, bloß leuchtend rot, und auch seine Augenbrauen und Wimpern waren rot. Das Mädchen war sehr schwarz und trug kein Kopftuch. Ihr Haar war geflochten, und von da, wo ich stand und sie anstarrte, auf der Treppe von Tante Coras dunklem, sauberem, freundlichem Haus, konnte ich das eklige Öl riechen, mit dem sie es eingerieben hatte. Die beiden sahen so harmlos und still aus, niemand hätte das Glitzern in den Augen des Jungen bemerkt.

Dann grinste das Mädchen und fing an, mit den Fingerknöcheln zu knacken. Bei jedem Knacken zuckte ich zusammen und meine Hände fingen an zu schwitzen. Ich hatte mehrere Schulbücher in der rechten Hand und klemmte sie mir schnell unter den Arm, aber es war zu spät, meine Handfläche war schon verfärbt und auf dem Einband des Buchs war ein Fleck. Das Mädchen fing an zu lachen, ganz leise, und in diesem Augenblick kam der Hass über mich, und mit dem Hass der Mut, so dass ich in der Lage war, an ihnen vorbeizugehen, ohne sie anzusehen.

Ich wusste, dass sie mir folgen würden. Ich wusste, dass sie, solange ich in Sichtweite von Tante Coras Haus war, nichts tun, sondern nur in einem gewissem Abstand hinter mir herschlendern würden. Aber ich wusste auch, wann sie näher kommen würden. Wenn ich den Hügel hinaufging. Den Hügel hinauf gab es zu beiden Seiten der Straße nur Mauern und Gärten, und um diese Morgenstunde würde niemand dort sein.

Auf halbem Weg nach oben holten sie mich ein und fingen an, auf mich einzureden. Das Mädchen sagte: »Na, verrücktes Mädchen, du bist genauso verrückt wie deine Mutter. Deine Tante hat Angst, dich im Haus zu haben. Sie schickt dich zu den Nonnen, damit die dich einsperren. Deine Mutter läuft ohne Schuh und

Strümpfe rum, sie is ne *sans culottes*, die versucht hat, ihren Mann umzubringen, und dich wollt sie auch umbringen an dem Tag, wo du sie besucht hast. Sie hat Zombie-Augen, genau wie du. Drum siehst du mich nich an.« Der Junge sagte nur: »Eines Tages erwisch ich dich allein, wart's nur ab, eines Tages erwisch ich dich allein.« Als ich die Spitze des Hügels erreichte, schubsten sie mich, ich konnte die Haare des Mädchens riechen.

Eine lange, leere Straße zog sich bis zum Kloster, zur Klostermauer und einem hölzernen Tor. Ich musste klingeln, um eingelassen zu werden. Das Mädchen sagte: »Du willst mich nich angucken, nein? Ich zwing dich, mich anzugucken.« Sie schubste mich, und die Bücher, die ich bei mir hatte, fielen zu Boden.

Ich bückte mich, um sie aufzuheben und sah, dass ein hochgewachsener Junge, der auf der anderen Straßenseite daherging, stehen geblieben war und zu uns herübersah. Dann kam er über die Straße gelaufen. Er hatte lange Beine, seine Füße berührten kaum den Boden. Sobald die beiden ihn sahen, machten sie kehrt und gingen weg. Fragend sah er ihnen nach. Ich wäre lieber gestorben, als wegzulaufen, als die beiden da waren, aber sobald sie weg waren, rannte ich los. Eins meiner Bücher lag noch auf dem Boden, und der große Junge kam hinter mir her.

»Das hast du fallen gelassen«, sagte er lächelnd. Ich wusste, wer er war, er hieß Sandi und war Alexander

Cosways Sohn. Früher einmal hätte ich »mein Cousin Sandi« gesagt, aber seit Mr Masons Vorträgen war ich befangen, wenn es um meine farbigen Verwandten ging. Ich murmelte ein »Vielen Dank«.

»Ich werd mit dem Jungen reden«, sagte er. »Er wird dich nicht noch mal belästigen.«

In der Ferne konnte ich die roten Haare meines davonstürzenden Feindes sehen, aber er hatte keine Chance. Sandi holte ihn ein, bevor er die Ecke erreicht hatte. Das Mädchen war verschwunden. Ich wartete nicht ab, um zu sehen, was passieren würde, sondern zerrte wild an der Türglocke des Klosters.

Endlich wurde mir geöffnet. Die Nonne war farbig und sah mich ungehalten an. »Du brauchst nicht so wild zu klingeln«, sagte sie. »Ich komme, so schnell ich kann.« Dann hörte ich, wie die Tür hinter mir zufiel.

Ich brach zusammen und fing an zu weinen. Sie fragte mich, ob ich krank sei, aber ich konnte nicht antworten. Mit der Zunge schnalzend und verärgert vor sich hin brummend, nahm sie meine Hand und führte mich über den Hof, vorbei am Schatten des großen Baums, nicht durch die Vordertür, sondern in einen großen, kühlen, steingefliesten Raum. Töpfe und Pfannen hingen an der Wand und es gab einen gemauerten Kamin. Eine andere Nonne befand sich im hinteren Teil des Raums, und als die Glocke erneut anschlug, ging die erste, um aufzumachen. Die zweite Nonne, auch eine Farbige, brachte eine Schüssel mit Wasser, aber so schnell sie mein Gesicht auch abwusch, ich weinte nur noch mehr. Als sie meine Hand sah, fragte sie, ob ich gefallen sei und mir wehgetan hätte. Ich schüttelte den Kopf, und sie wusch den Fleck sanft weg. »Was ist denn nur, wieso weinst du? Was ist passiert?« Immer noch konnte ich nicht antworten. Sie brachte mir ein Glas Milch, ich versuchte, es zu trinken, verschluckte mich aber. »Oh, la la«, sagte sie, zuckte mit den Schultern und ging hinaus.

Als sie zurückkam, war eine dritte Nonne bei ihr, die mit beruhigender Stimme sagte: »Du hast jetzt genug geweint, du musst damit aufhören. Hast du ein Taschentuch?«

Mir fiel ein, dass ich es fallen gelassen hatte. Die neue Nonne trocknete mir die Augen mit einem großen Taschentuch, gab es mir und fragte mich nach meinem Namen.

»Antoinette«, antwortete ich.

»Natürlich«, sagte sie. »Ich weiß schon. Du bist Antoinette Cosway, das heißt, Antoinette Mason. Hat jemand dir Angst gemacht?«

»Ja.«

»Sieh mich an«, sagte sie. »Vor mir wirst du doch keine Angst haben.«

Ich sah sie an. Sie hatte große braune, sehr sanfte Augen und war in Weiß gekleidet, ohne die gestärkte Schürze, die die anderen trugen. Das Gebinde rund um ihr Gesicht war aus Leinen, und über dem weißen Leinen begann ein schwarzer Schleier aus irgendeinem dünnen Material, der in Falten über ihren Rücken fiel. Ihre Wangen waren rot, sie hatte ein lachendes Gesicht und zwei tiefe Grübchen. Ihre Hände waren klein, sahen aber plump und aufgedunsen aus, nicht wie der Rest von ihr. Erst später erfuhr ich, dass sie vom Rheuma verkrüppelt waren. Sie führte mich in einen Salon, der steif mit Stühlen und einem polierten Tisch in der Mitte möbliert war. Nachdem sie mit mir gesprochen hatte, erzählte ich ihr ein wenig darüber, weswegen ich geweint hatte, und dass ich nicht allein zur Schule gehen wollte.

»Das muss geregelt werden«, sagte sie. »Ich werde deiner Tante schreiben. Und jetzt wartet Schwester St Justine auf dich. Ich habe ein Mädchen rufen lassen, das seit fast einem Jahr bei uns ist. Sie heißt Louise – Louise de Plana. Wenn irgendetwas dir seltsam vorkommt, wird sie dir alles erklären.«

Louise und ich gingen über einen gepflasterten Weg zum Klassenzimmer. Zu beiden Seiten des Weges gab es Gras und Bäume und die Schatten von Bäumen und gelegentlich einen leuchtenden Blütenstrauch. Louise war sehr hübsch, und als sie mich anlächelte, konnte ich kaum glauben, dass ich mich je elend gefühlt hatte. Sie sagte: »Wir nennen Schwester St Justine immer Schwester St Lustine. Sie ist nicht sehr klug, die Arme. Du wirst sehen.«

Schnell, solange ich es kann, muss ich mir das heiße Klassenzimmer in Erinnerung rufen. Das heiße Klassenzimmer, die Pulte aus Pechkiefer, die Hitze der Bank, die meinen Körper durchdringt, über meine Arme kriecht, meine Hände. Aber draußen konnte ich kühle blaue Schatten an einer weißen Wand sehen. Meine Nadel ist klebrig und quietscht, wenn sie durch den Stoff fährt. »Meine Nadel flucht«, flüstere ich Louise zu, die neben mir sitzt. Wir sticken seidene Kreuzstichrosen auf einen hellen Untergrund. Wir können die Farben der Rosen selbst bestimmen, und meine sind grün, blau und rot. Darunter werde ich in Feuerrot meinen Namen schreiben, Antoinette Mason, geb. Cosway, Kloster am Kalvarienberg, Spanish Town, Jamaika, 1839.

Während wir arbeiten, liest uns Schwester St Justine Geschichten aus dem Leben der Heiligen vor, der Heiligen Rosa von Lima, der Heiligen Barbara, der Heiligen Agnes. Aber wir haben auch unsere eigene Heilige, das Skelett eines vierzehnjährigen Mädchens unter dem Altar der Klosterkapelle. Ihre Reliquien. Wie haben die Nonnen sie hierher gebracht, frage ich mich? In einem Kabinenkoffer? Sorgfältig verpackt im Schiffsladeraum? Wie? Jedenfalls ist sie hier, und sie heißt St Innocentia. Wir kennen ihre Geschichte nicht, sie steht nicht im Buch. Die Heiligen, von denen wir hören, waren alle sehr schön und wohlhabend. Alle wurden von reichen und gutaussehenden jungen Männern geliebt.

»... schöner und prächtiger gekleidet, als er sie zu Lebzeiten je gesehen hatte«, leiert Schwester St Justine.

»Sie lächelte und sprach: ›Theophilus, hier ist eine Rose aus dem Garten meines Bräutigams, an den du nicht glaubst.‹ Die Rose, die er beim Aufwachen neben sich fand, verblühte nie. Sie existiert immer noch.« (Wo nur? Wo?) »Und Theophilus ward zum Christentum bekehrt«, fährt Schwester St Justine fort, die nun sehr schnell liest, »und ward einer der heiligen Märtyrer.« Sie schließt das Buch mit einem hörbaren Klappen und spricht darüber, dass wir unsere Nagelhäutchen immer zurückschieben müssen, wenn wir uns die Hände waschen. Reinlichkeit, Wohlverhalten, Barmherzigkeit gegenüber den Armen Gottes. Ein Wortschwall. (»Es liegt an ihrem Alter«, sagt Hélène de Plana, »sie kann nicht anders, die arme alte Justine.«) »Wenn ihr die Unglückseligen und Unglücklichen kränkt oder beleidigt, beleidigt ihr Christus selbst, und er wird es nicht vergessen, denn sie sind seine Auserwählten.« Diese Bemerkung macht sie mit beiläufiger, teilnahmsloser Stimme und geht dann über zu Ordnung und Keuschheit, jenem makellosen Kristall, der, einmal zerbrochen, nie wieder ganz gemacht werden kann. Dann geht es um unser Verhalten. Wie alle anderen steht auch sie unter dem Bann der de Plana-Schwestern und hält sie der Klasse als Beispiel vor. Ich bewundere sie. Sie sitzen so gelassen und gleichmütig da, während Schwester St Justine die Vortrefflichkeit von Miss Hélènes Frisur hervorhebt, die ohne Spiegel zustande gebracht wurde.

»Bitte, Hélène, sag mir, wie du das mit deinen Haaren

machst, denn wenn ich groß bin, sollen meine auch so aussehen.«

»Ganz einfach. Du kämmst sie nach oben, so, und schiebst sie dann ein wenig nach vorn, so, und dann steckst du sie hier und hier fest. Nie zu viele Nadeln.«

»Ja, Hélène, aber meine sehen nie wie deine aus, egal, was ich mache.«

Ihre Lider flatterten, sie wandte sich ab, zu höflich, um das Offensichtliche zu sagen. Wir haben keinen Spiegel im Schlafsaal, einmal sah ich, wie die junge neue Nonne aus Irland sich in einem Wasserfass betrachtete und lächelte, um zu sehen, ob ihre Grübchen noch da waren. Als sie mich bemerkte, wurde sie rot, und ich dachte, jetzt wird sie mich immer hassen.

Manchmal war es Miss Hélènes Frisur und manchmal Miss Germaines untadeliges Verhalten und manchmal die Sorgfalt, die Miss Louise ihren schönen Zähnen angedeihen ließ. Und wenn wir nie neidisch waren, so weil sie sich nie eitel gaben. Hélène und Germaine waren vielleicht ein wenig herablassend und distanziert, aber Louise nicht einmal das. Sie hatte mit so etwas nichts zu schaffen – als wisse sie, dass sie für andere Dinge geboren war. Hélènes braune Augen konnten funkeln, Germaines graue Augen waren schön, sanft und kuhähnlich, sie sprach langsam und hatte anders als die meisten kreolischen Mädchen ein sehr ausgeglichenes Temperament. Es ist leicht, sich vorzustellen, was aus diesen beiden wurde, von Unglücksfällen einmal abgesehen. Aber Louise! Ihre schmale Taille, ihre schmalen braunen Hände, ihre schwarzen Locken, die nach Vetiver rochen, ihre hohe, süße Stimme, die in der Kapelle so unbekümmert vom Tod sang. Wie ein Vögelchen singen würde. *Alles* könnte aus dir geworden sein, Louise, einfach alles, und ich wäre nicht überrascht.

Dann gab es noch eine Heilige, sagte Schwester St Justine, sie lebte später, aber immer noch in Italien, oder war es Spanien? Italien bedeutet weiße Säulen und grünes Wasser, Spanien heiße Sonne auf Steinen. Frankreich war eine Dame mit schwarzen Haaren in einem weißen Kleid, weil Louise vor fünfzehn Jahren in Frankreich geboren wurde, und meine Mutter, die ich vergessen und für die ich beten muss, als sei sie tot, obwohl sie noch lebt, trug gerne Weiß.

Niemand sprach noch von ihr, seit Christophine uns verlassen hatte, um bei ihrem Sohn zu leben. Meinen Stiefvater sah ich nur selten. Er schien Jamaika und insbesondere Spanish Town nicht zu mögen und war oft monatelang weg.

An einem heißen Julinachmittag teilte meine Tante mir mit, sie würde für ein Jahr nach England gehen. Ihre Gesundheit sei angegriffen und sie brauche eine Luftveränderung. Während sie das sagte, arbeitete sie an einer Patchworkdecke. Die rautenförmigen Seidenflicken verschmolzen ineinander, rot, blau, violett, grün, gelb, alle eine einzige schimmernde Farbe. Sie hatte endlose Stunden darauf verwandt und war fast fertig.

Würde ich einsam sein, fragte sie mich, und ich sagte: »Nein«, während ich die Farben betrachtete. Endlose Stunden, dachte ich.

Dieses Kloster war meine Zuflucht, ein Ort voller Sonnenschein und Tod, wo wir neun, die im langen Schlafsaal schliefen, sehr früh am Morgen vom Klappern eines hölzernen Signals geweckt wurden. Beim Aufwachen sahen wir als Erstes Schwester Marie Augustine, die heiter und adrett und kerzengerade auf einem Holzstuhl saß. Der langgestreckte braune Raum war erfüllt von goldenem Sonnenlicht und den Schatten der Bäume, die sich sacht bewegten. Ich lernte, wie die anderen, sehr schnell zu sagen: »Bringe alle Gebete, Arbeiten und Leiden dieses Tages als Opfer dar.« Und was ist mit dem Glück, dachte ich am Anfang, gibt es denn kein Glück? Es muss doch. Oh, natürlich Glück, Glück, nun gut.

Doch bald vergaß ich das Glück und lief die Treppe hinunter in das große steinerne Bad, wo wir in unseren langen grauen Unterkleidern aus Baumwolle, die uns bis zu den Knöcheln reichten, herumplätscherten. Der Geruch der Seife, während man sich vorsichtig unter dem Unterkleid einseifte, ein Trick, den man lernen musste; sich keusch anzuziehen, ein weiterer Trick. Große Tümpel aus Sonnenlicht, wenn wir die hölzernen Stufen zum Speisesaal hinaufliefen. Heißer Kaffee und Brötchen und schmelzende Butter. Doch nach der

Mahlzeit – jetzt und in der Stunde unseres Todes, und mittags und um sechs Uhr abends, jetzt und in der Stunde unseres Todes und das ewige Licht leuchte ihnen. Das ist für meine Mutter, dachte ich, wo immer ihre Seele umherschweifen mag, denn sie hat ihren Körper verlassen. Dann fiel mir ein, dass sie helles Licht hasste und Kühle und Schatten liebte. Es ist ein anderes Licht, sagten sie mir. Trotzdem weigerte ich mich, es zu sagen. Bald waren wir wieder in den veränderlichen Schatten draußen, schöner als jedes ewige Licht sein konnte, und bald lernte ich, so wie die anderen gedankenlos zu plappern. Über Veränderungen jetzt und in der Stunde unseres Todes, weil das alles ist, was wir haben.

Alles war Helligkeit oder Dunkel. Die Wände, die flammenden Farben der Blumen im Garten, die Trachten der Nonnen waren hell, aber ihre Schleier, das Kruzifix, das an ihrem Gürtel hing, die Schatten der Bäume, waren schwarz. So war es, hell und dunkel, Sonne und Schatten, Himmel und Hölle, denn eine der Nonnen wusste alles über die Hölle, wer nicht? Aber eine andere wusste alles über den Himmel und die Merkmale der Seligen, deren geringstes, deren allergeringstes, überirdische Schönheit ist. Ich konnte diese ganze Ekstase kaum erwarten und betete einmal darum, lange Zeit tot zu sein. Dann fiel mir ein, dass das eine Sünde war. Es ist Anmaßung, oder Verzweiflung, ich weiß nicht mehr genau, aber eine Todsünde. Also betete ich auch deswegen lange, aber der Gedanke kam mir – so viele Dinge sind Sünde, wieso? Eine weitere Sünde, das zu denken. Aber zum Glück sagt Schwester Marie Augustine, dass Gedanken keine Sünde sind, wenn man sie auf der Stelle vertreibt. Man sagt, Herr rette mich, ich gehe zugrunde. Ich finde es sehr tröstlich, genau zu wissen, was zu tun ist. Trotzdem betete ich danach nicht mehr so oft und bald fast gar nicht mehr. Ich fühlte mich kühner, glücklicher, freier. Aber nicht mehr so sicher.

Während dieser Zeit, dieser fast achtzehn Monate, kam mein Stiefvater mich oft besuchen. Erst sprach er mit der Mutter Oberin, dann ging ich in den Salon, gekleidet wie für ein Dinner oder einen Besuch bei Freunden. Beim Abschied überreichte er mir Geschenke, Süßigkeiten, ein Medaillon, ein Armband, einmal ein sehr hübsches Kleid, das ich natürlich nicht tragen konnte.

Sein letzter Besuch war anders. Ich wusste es, sobald ich das Zimmer betrat. Er küsste mich, hielt mich auf Armeslänge von sich weg und musterte mich aufmerksam und kritisch, dann lächelte er und sagte, ich sei größer, als er gedacht habe. Ich erinnerte ihn daran, dass ich über siebzehn war, eine erwachsene Frau. »Ich habe dein Geschenk nicht vergessen«, sagte er.

Aus Schüchternheit, und weil mir unbehaglich zumute war, sagte ich kühl: »Ich kann die vielen Sachen, die du für mich kaufst, nicht tragen.«

»Wenn du bei mir lebst, kannst du tragen, was du willst«, sagte er.

»Wo? In Trinidad?«

»Natürlich nicht. Hier, für den Augenblick. Bei mir und deiner Tante Cora, die endlich nach Hause kommt. Sie sagt, ein weiterer englischer Winter würde sie umbringen. Und bei Richard. Wir können dich nicht dein ganzes Leben lang verstecken.«

»Wieso nicht?«, dachte ich.

Wahrscheinlich bemerkte er meine Bestürzung, denn er fing an zu scherzen, mir Komplimente zu machen, mir so absurde Fragen zu stellen, dass auch ich bald lachte. Wie würde es mir gefallen, in England zu leben? Ob ich schon tanzen gelernt hatte, oder waren die Nonnen zu streng? Ich hatte kaum Zeit zu antworten, so schnell kamen seine Fragen.

»Sie sind überhaupt nicht streng«, sagte ich. »Der Bischof, der sie jedes Jahr besucht, sagt, dass sie lax sind. Sehr lax. Es liegt am Klima, sagt er.«

»Ich hoffe, sie haben ihm gesagt, er soll sich um seine eigenen Angelegenheiten kümmern.«

»Hat sie. Die Mutter Oberin. Einige der anderen hatten Angst. Sie sind nicht streng, aber niemand hat mir das Tanzen beigebracht.«

»Das wird kein Problem sein. Ich möchte, dass du glücklich bist, Antoinette, und sicher. Ich habe versucht, dafür zu sorgen, aber wir werden später Zeit haben, darüber zu sprechen.«

Als wir durch das Klostertor nach draußen gingen, sagte er mit beiläufiger Stimme: »Ich habe ein paar englische Freunde eingeladen, den nächsten Winter hier zu verbringen. Du wirst dich also nicht langweilen.«

»Meinst du, sie kommen?«, fragte ich zweifelnd.

»Einer auf jeden Fall, da bin ich sicher.«

Vielleicht lag es an der Art, wie er lächelte, aber wieder schnürte mir ein Gefühl der Bestürzung, der Traurigkeit, des Verlustes, die Kehle zu. Dieses Mal ließ ich es mir ihm gegenüber nicht anmerken.

Es war wie an dem Morgen, an dem ich das tote Pferd fand. Sag nichts, dann ist es vielleicht nicht wahr.

Aber alle im Kloster wussten Bescheid. Die Mädchen waren sehr neugierig, aber ich weigerte mich, ihre Fragen zu beantworten, und zum ersten Mal verabscheute ich die heiteren Gesichter der Nonnen.

Sie sind in Sicherheit. Woher wollen sie wissen, wie es *draußen* sein kann?

Es war das zweite Mal, dass ich meinen Traum träumte.

Wieder habe ich das Haus auf Coulibri verlassen. Es ist immer noch Nacht und ich gehe auf den Wald zu. Ich trage ein langes Kleid und dünne Schuhe und das Gehen fällt mir schwer, als ich dem Mann folge, der bei mir ist, und den Rock meines Kleids hochhalte. Es ist weiß und wunderschön und ich möchte nicht, dass es schmutzig wird. Ich folge ihm, krank vor Angst, versuche aber nicht, mich zu retten; sollte jemand mich retten wollen, würde ich mich weigern. Das hier muss geschehen. Jetzt haben wir den Wald erreicht. Wir sind unter den dunklen hohen Bäumen, und es geht kein Wind. »Hier?« Er dreht sich um und sieht mich an, das Gesicht dunkel vor Hass, und als ich das sehe, fange ich an zu weinen. Er lächelt verschlagen. »Nicht hier, noch nicht«, sagt er, und ich folge ihm weinend. Jetzt versuche ich nicht mehr, mein Kleid hochzuhalten, es schleift durch den Schmutz, mein wunderschönes Kleid. Wir sind nicht mehr im Wald, sondern in einem umschlossenen Garten, umgeben von einer Steinmauer, und die Bäume sind anders. Ich kenne sie nicht. Stufen führen nach oben. Es ist zu dunkel, um die Mauer oder die Stufen zu sehen, aber ich weiß, dass sie da sind, und denke: »Es wird passieren, wenn ich diese Treppe hinaufgehe. Wenn ich oben bin.« Ich stolpere über mein Kleid und kann nicht aufstehen. Ich berühre einen Baum und meine Arme umfangen ihn. »Hier, hier.« Aber ich denke, dass ich nicht weitergehen werde. Der Baum schwankt und ruckt, als wolle er mich abschütteln. Immer noch klammere ich mich fest, und die Sekunden vergehen, und jede währt tausend Jahre. »Hier, hier drin«, sagte eine fremde Stimme, und der Baum hörte auf zu schwanken und zu rucken.

Jetzt führt Schwester Marie Augustine mich aus dem Schlafsaal, fragt mich, ob ich krank bin, sagt, dass ich die anderen nicht stören darf, und obwohl ich immer noch zittere, frage ich mich, ob sie mich hinter den geheimnisvollen Vorhang führen wird, wo sie schläft.

Aber nein. Sie setzt mich auf einen Stuhl, verschwindet und kommt nach einer Weile mit einer Tasse Kakao zurück.

Ich sagte: »Ich habe geträumt, ich sei in der Hölle.«

»Dieser Traum ist böse. Vertreibe ihn aus deinen Gedanken – denk nie wieder daran«, und sie rieb meine kalten Hände, um sie zu wärmen.

Sie sieht aus wie immer, gefasst und ordentlich, und ich möchte sie fragen, ob sie vor Sonnenaufgang aufsteht oder gar nicht im Bett war.

»Trink deinen Kakao.«

Während ich trinke, erinnere ich mich daran, dass wir nach der Beerdigung meiner Mutter, sehr früh am Morgen, fast so früh wie jetzt, nach Hause fuhren, um Kakao zu trinken und Kuchen zu essen. Sie starb letztes Jahr, niemand sagte mir, wie, und ich fragte nicht. Mr Mason war da, und Christophine, sonst niemand. Christophine weinte bitterlich, doch ich konnte nicht. Ich betete, aber die Worte fielen zu Boden und bedeuteten nichts.

Jetzt vermischt sich der Gedanke an sie mit meinem Traum.

Ich sah sie in ihrem geflickten Reitkleid auf einem geborgten Pferd am Anfang der gepflasterten Straße auf Coulibri. Sie winkte, und wieder traten Tränen in meine Augen. »So schreckliche Dinge geschehen«, sagte ich. »Wieso? Wieso?«

»Du darfst dich nicht mit diesem Rätsel befassen«,

sagte Schwester Marie Augustine. »Wir wissen nicht, wieso das Glück dem Teufel hold ist. Noch nicht.«

Sie lächelte nie so viel wie die anderen, jetzt lächelte sie überhaupt nicht. Sie sah traurig aus.

Wie zu sich selbst sagte sie: »Geh leise zurück ins Bett. Denk an stille, friedvolle Dinge und versuch zu schlafen. Bald werde ich das Signal geben. Bald ist morgen früh.«

Zweiter Teil

Alles lag hinter uns, Vorstoß und Rückzug, Zweifel und Bedenken. Alles vollbracht, bis dass der Tod uns scheide. Und nun waren wir hier, hatten vor dem heftigen Regen unter einem großen Mangobaum Schutz gesucht, ich selbst, meine Frau Antoinette und eine kleine Bedienstete, ein Mischlingsmädchen namens Amélie. Unter einem benachbarten Baum sah ich unser mit Sackleinen abgedecktes Gepäck, die beiden Träger und einen Jungen, der die frischen Pferde hielt, die wir angemietet hatten, um uns die 600 Höhenmeter zum wartenden Flitterwochenhaus hinauf zu tragen.

Am Morgen hatte das Mädchen Amélie gesagt: »Ich hoffe, Sie werden sehr glücklich in Ihrem reizenden Flitterwochenhaus, Sir.« Ich wusste, dass sie sich über mich lustig machte. Ein hübsches kleines Ding, aber verschlagen, gehässig, vielleicht bösartig, wie so vieles hier.

»Es ist nur ein Schauer«, sagte Antoinette besorgt. »Er ist gleich wieder vorbei.«

Ich betrachtete die traurigen, schiefen Kokospalmen, die auf den Kiesstrand gezogenen Fischerboote, die uneinheitliche Reihe weißgetünchter Hütten, und erkundigte mich nach dem Namen des Dorfes.

»Massacre.«

»Und wer wurde hier massakriert? Sklaven?«

»O nein!« Sie klang schockiert. »Keine Sklaven. Es muss vor langer Zeit gewesen sein. Niemand erinnert sich noch daran.«

Der Regen fiel nun dichter, riesige Tropfen prasselten wie Hagel auf die Blätter der Bäume, und das Meer kroch verstohlen vor und zurück.

Das hier ist also Massacre. Nicht das Ende der Welt, nur die letzte Station unserer schier endlosen Reise von Jamaika hierher, der Beginn unserer reizenden Flitterwochen. Bei Sonnenschein sieht alles sicher ganz anders aus.

Das Arrangement lautete, dass wir Spanish Town gleich nach der Trauung verlassen und mehrere Wochen auf einer der Inseln über dem Winde verbringen sollten, auf einem kleinen Anwesen, das Antoinettes Mutter gehört hatte. Ich war einverstanden gewesen. So wie ich mit allem anderen einverstanden gewesen war.

Die Fenster der Hütten waren geschlossen, die Türen standen offen, dahinter Stille und Dunkelheit. Dann kamen drei kleine Jungen und starrten uns an. Der Kleinste trug nur einen Heiligenanhänger um den Hals und auf dem Kopf die Krempe eines großen Fischerhuts. Als ich ihn anlächelte, begann er zu weinen. Eine Frau rief etwas aus einer der Hütten, und er lief immer noch heulend davon.

Die beiden anderen folgten ihm langsam, wobei sie mehrmals zu uns zurücksahen.

Als sei dies ein Signal, tauchte eine zweite Frau in ihrer Tür auf, dann eine dritte.

»Das ist Caro«, sagte Antoinette. »Ich bin sicher, es ist Caro. Caroline«, rief sie und winkte, und die Frau winkte zurück. Eine auffällig herausgeputzte Alte in einem grellgeblümten Kleid, mit einem gestreiften Kopftuch und goldenen Ohrringen.

»Du wirst durch und durch nass werden, Antoinette«, sagte ich.

»Nein, der Regen hört auf.« Sie hob den Saum ihres Reitkostüms an und lief über die Straße. Ich beobachtete sie mit kritischem Blick. Sie trug einen Dreispitz, der ihr gut stand. Zumindest überschattete er ihre Augen, die zu groß sind und befremdlich sein können. Mir kommt es vor, als würde sie nie blinzeln. Länglich geformte, traurige, dunkle, fremdartige Augen. Sie mag zwar Kreolin reinster englischer Abstammung sein, aber diese Augen sind weder englisch noch europäisch. Und wann fing ich an, das alles an meiner Frau zu bemerken? Nachdem wir Spanish Town verlassen hatten, vermute ich. Oder bemerkte ich es schon vorher und weigerte mich, mir einzugestehen, was ich sah? Nicht dass ich viel Zeit gehabt hätte, irgendetwas zu bemerken. Einen Monat nach meiner Ankunft in Jamaika war ich verheiratet, und fast drei Wochen dieser Zeit lag ich mit Fieber im Bett.

Antoinette und Caro standen gestikulierend in der Tür der Hütte und unterhielten sich nicht auf Englisch, sondern in dem grässlichen französischen Patois, das auf dieser Insel gesprochen wird. Der Regen fing an, mir in den Nacken zu tropfen, und verstärkte mein Gefühl des Unbehagens und der Melancholie.

Ich dachte an den Brief nach England, der schon vor einer Woche hätte geschrieben werden müssen. Lieber Vater …

»Caroline lässt fragen, ob du dich in ihrem Haus unterstellen möchtest.«

Antoinette war zurückgekommen. Sie klang zögernd, als erwarte sie, dass ich ablehnen würde, daher war es leicht, es zu tun.

»Aber du wirst nass«, sagte sie.

»Das macht nichts.« Ich lächelte Caroline zu und schüttelte den Kopf.

»Sie wird sehr enttäuscht sein«, sagte meine Frau, überquerte neuerlich die Straße und betrat die dunkle Hütte.

Amélie, die mit dem Rücken zu uns dagesessen hatte, drehte sich um. Ihr Ausdruck war so voller entzückter Bosheit, so intelligent, vor allem aber so wissend, dass ich beschämt wegsah.

»Nun ja«, dachte ich. »Ich hatte Fieber. Ich bin noch nicht wieder ich selbst.«

Da der Regen etwas nachließ, ging ich hinüber zu den Trägern, um mit ihnen zu reden. Der erste war kein gebürtiger Inselbewohner. »Ein sehr wilder Ort, das hier – nich zivilisiert. Wieso kommen Sie ausgerechnet hierher?« Er werde Junger Stier genannt, sagte er, und sei siebenundzwanzig Jahre alt. Prächtiger Körper, dümmliches, überhebliches Gesicht. Der andere Mann hieß Emile, ja, er stammte aus dem Dorf, er lebte hier. »Fragen Sie ihn, wie alt er is«, forderte der Junge Stier mich auf. »Vierzehn?«, antwortete Emile mit unsicherer Stimme. »Doch, ich hab vierzehn Jahr, Herr.«

»Unmöglich«, sagte ich. Ich konnte das Grau in seinem spärlichen Bart sehen.

»Dann vielleicht sechsundfünfzig Jahr?« Ihm schien viel daran gelegen, es mir recht zu machen.

Der Junge Stier lachte laut auf. »Er weiß nich, wie alt er is, er denkt nich drüber nach. Ich sag Ihnen, Sir, die Leute hier sind nich zivilisiert.«

Emile murmelte: »Meine Mutter wüsst's, aber sie is tot.« Dann zog er einen blauen Lappen hervor, den er zu einem Polster zusammendrehte und sich auf den Kopf legte.

Die meisten der Frauen standen nun vor ihren Türen und sahen, allerdings ohne zu lächeln, zu uns hinüber. Finstere Menschen an einem finsteren Ort. Einige der Männer gingen zu ihren Booten. Emile rief ihnen etwas zu, und zwei von ihnen kamen herbei. Mit tiefer Stimme fing er an zu singen. Sie fielen ein, hoben den schweren Weidenkorb hoch und hievten ihn singend auf sein Kopfpolster. Mit einer Hand prüfte er die Balance und marschierte los, barfuß über die scharfen Steine, bei Weitem das fröhlichste Mitglied der Hochzeitsgesellschaft. Als der Junge Stier seine Last aufgebürdet bekam, warf er mir einen prahlerischen Seitenblick zu. Auch er sang auf Englisch vor sich hin.

Der Junge führte die Pferde an einen großen Stein, und ich sah Antoinette aus der Hütte treten. Die Sonne kam zum Vorschein und Dampf stieg aus dem Grün hinter uns auf. Amélie zog ihre Schuhe aus, band sie zusammen und hängte sie sich um den Hals. Ihren kleinen Korb auf dem Kopf balancierend, lief sie ebenso leichtfüßig los wie die Träger. Antoinette und ich stiegen auf und ritten um eine Biegung, und das Dorf verschwand. Ein Hahn krähte laut und ich erinnerte mich an die vorige Nacht, die wir in der Stadt verbracht hatten. Antoinette hatte ein Zimmer für sich, sie war erschöpft. Ich lag wach und hörte den Hähnen zu, die die ganze Nacht krähten, stand sehr früh auf und beobachtete die Frauen, die mit weißen Tüchern abgedeckte Tabletts auf dem Kopf trugen und in die Küche gingen. Eine mit kleinen, dampfenden Brotlaiben, die sie verkaufen wollte, eine mit Kuchen, eine mit Süßigkeiten. Auf der Straße bot eine weitere Frau *Bon sirop, Bon sirop* an, ein Erfrischungsgetränk, und mir war friedvoll zumute.

Die Straße stieg an. Auf der einen Seite eine Wand aus Grün, auf der anderen ging es steil hinab in eine tiefe Schlucht. Wir hielten an und betrachteten die Hügel, die Berge und das blaugrüne Meer. Ein weicher, warmer Wind wehte, aber ich verstand, wieso der Träger den

Ort als wild bezeichnet hatte. Nicht nur wild, sondern bedrohlich. Diese Hügel wollten sich um einen schließen.

»Was für ein extremes Grün«, war alles, was ich sagen konnte, und in Gedanken an Emile, der die Fischer gerufen hatte, und an den Klang seiner Stimme, erkundigte ich mich, wo er abgeblieben war.

»Sie nehmen Abkürzungen. Sie werden lange vor uns in Granbois sein.«

Alles hier ist zu viel, empfand ich, als ich müde hinter ihr her ritt. Zu viel Blau, zu viel Rot, zu viel Grün. Die Blumen zu rot, die Berge zu hoch, die Hügel zu nah. Und diese Frau ist eine Fremde. Ihr flehentlicher Gesichtsausdruck ist mir unangenehm. Nicht ich habe sie gekauft, sondern sie mich, denkt sie zumindest. Ich senkte den Blick auf die struppige Mähne des Pferdes ... Lieber Vater. Die dreißigtausend Pfund wurden mir anstandslos und bedingungslos ausgezahlt. Für sie wurden keine Vorkehrungen getroffen (das muss geändert werden). Ich besitze nun ein bescheidenes Auskommen und werde Ihnen oder meinem lieben Bruder, dem Sohn, den Sie lieben, nie zu Last fallen. Keine Bettelbriefe, keine peinlichen Forderungen. Keine der verschlagenen, schäbigen Winkelzüge eines jüngeren Sohnes. Ich habe meine Seele verkauft, oder vielmehr haben Sie es getan, und letztendlich ist es vielleicht gar kein so schlechtes Geschäft. Das Mädchen gilt als schön, sie ist schön. Und doch ...

Währenddessen trotteten die Pferde über eine sehr schlechte Straße. Es wurde kühler. Ein Vogel stieß einen Ruf aus, einen langen, klagenden Ton. »Was ist das für ein Vogel?« Antoinette war zu weit vor mir und hörte mich nicht. Der Vogel pfiff erneut. Ein Bergvogel. Schrill und süß. Ein sehr einsamer Klang.

Sie hielt an und rief: »Zieh deinen Mantel an.« Ich tat es und merkte, dass mir nicht mehr angenehm kühl war, sondern dass ich in meinem schweißnassen Hemd fror.

Wir ritten weiter, stumm in der schrägstehenden Nachmittagssonne, die Mauer der Bäume auf der einen Seite, den Abgrund auf der anderen. Jetzt war die See von einem feierlichen Blau, tief und dunkel.

Wir kamen an einen kleinen Wasserlauf. »Das ist die Grenze von Granbois.« Sie lächelte mich an. Es war das erste Mal, dass ich sie schlicht und natürlich lächeln sah. Oder vielleicht war es das erste Mal, dass ich bei ihr ein schlichtes und natürliches Gefühl hatte. Ein Bambusrohr ragte aus der Felswand, das Wasser, das daraus floss, war silbrig-blau. Sie sprang ab, pflückte ein großes, kleeförmiges Blatt, formte es zu einer Art Becher und trank. Dann pflückte sie ein weiteres Blatt, faltete es und brachte es mir. »Trink. Es ist Bergwasser.« Als sie lächelnd zu mir aufsah, hätte sie jedes x-beliebige hübsche englische Mädchen sein können, und ihr zu Gefallen trank ich. Das Wasser war kalt, klar und süß, von einer wunderschönen Farbe vor dem dicken grünen Blatt.

Sie sagte: »Ab hier geht es erst hinunter, dann wieder hinauf, und dann sind wir da.«

Als sie das nächste Mal das Wort ergriff, sagte sie: »Die Erde hier ist rot, ist es dir aufgefallen?«

»In Teilen von England ist sie auch rot.«

»Ach, England, England«, rief sie spöttisch zurück, und die Worte hallten und hallten nach wie eine Warnung, die zu hören ich mich weigerte.

Bald darauf war die Straße gepflastert, und wir hielten an einer steinernen Treppe an. Eine große Schraubenpalme erhob sich zu unserer Linken, und zur Rechten stand etwas, das aussah wie die Nachbildung eines englischen Sommerhauses – vier hölzerne Pfosten und ein Strohdach. Antoinette stieg ab und lief die Treppe hinauf. Oben erstreckte sich eine ungepflegte, struppige Rasenfläche, und dahinter lag ein schäbiges weißes Haus. »Jetzt bist du in Granbois.« Ich betrachtete die purpurnen Berge vor dem sehr blauen Himmel.

Auf hölzernen Pfählen errichtet, schien das Haus vor dem Wald dahinter zurückzuweichen und sich dem fernen Meer verlangend entgegenzurecken. Es war eher plump als hässlich, ein wenig traurig, als wisse es, dass es nicht von Dauer sein könne. Mehrere Neger standen am Fuß der Verandatreppe. Antoinette lief über den Rasen, und als ich ihr folgte, stieß ich mit einem Jungen zusammen, der aus der entgegengesetzten Richtung kam. Er verdrehte die Augen, machte ein erschrockenes Gesicht und lief ohne ein Wort der Entschuldigung weiter auf die Pferde zu. Die Stimme eines Mannes rief: »Beeilung, Beeilung, mach!« Insgesamt waren sie zu viert. Eine Frau, ein Mädchen und ein hochgewachsener, würdevoller Mann standen beisammen, und Antoinette hatte die Arme um eine weitere Frau geschlungen. »Der dich fast umgerannt hätte, das war Bertrand. Das da sind Rose und Hilda. Und das ist Baptiste.«

Die Dienstboten lächelten schüchtern, als Antoinette ihre Namen nannte.

»Und das hier ist Christophine, die vor langer Zeit meine *da* war, mein Kindermädchen.«

Baptiste sagte, es sei ein freudiger Tag und wir hätten herrliches Wetter mitgebracht. Er sprach gutes Englisch, aber mitten in seiner Begrüßungsansprache fing Hilda an zu kichern. Sie war vielleicht zwölf oder vierzehn Jahre alt und trug ein ärmelloses weißes Kleid, das ihr gerade bis an die Knie reichte. Das Kleid war sauber und ordentlich, aber ihre Haare, um die sie kein Tuch gebunden hatte und die geölt und zu vielen kleinen Zöpfchen geflochten waren, verliehen ihr ein wildes Aussehen. Baptiste sah sie stirnrunzelnd an, und sie kicherte noch lauter, schlug dann die Hand vor den Mund und lief die Holztreppe hinauf ins Haus. Ich hörte ihre nackten Füße über die Veranda tappen.

»Doudou, ché cocotte«, sagte die ältere Frau zu Antoinette. Ich sah sie scharf an, aber sie kam mir bedeutungslos vor. Sie war schwärzer als die meisten, und ihre Kleider, sogar das Kopftuch, waren in gedämpften

Farben gehalten. Sie erwiderte meinen Blick ruhig, aber ohne Billigung, dachte ich. Eine lange Minute sahen wir einander an. Ich wandte den Blick als Erster ab, und sie lächelte in sich hinein, versetzte Antoinette einen kleinen Schubs und verschwand in den Schatten hinter dem Haus. Die anderen Dienstboten waren bereits gegangen.

Auf der Veranda stehend, atmete ich die süße Luft ein. Ich roch Nelken und Zimt, Rosen und Orangenblüten. Und eine berauschende Frische, als sei das alles nie zuvor eingeatmet worden. Als Antoinette sagte: »Komm, ich zeige dir das Haus«, ging ich widerstrebend mit, denn alles wirkte vernachlässigt und verlassen. Sie führte mich in ein großes, ungestrichenes Zimmer. Es enthielt ein kleines, schäbiges Sofa, einen Mahagonitisch in der Mitte, mehrere Stühle und eine alte Eichentruhe mit Messingfüßen in der Form von Löwenklauen.

An der Hand führte sie mich zur Anrichte, wo zwei Gläser Rumpunsch auf uns warteten. Sie reichte mir eins und sagte: »Auf das Glück.«

»Auf das Glück«, antwortete ich.

Der Raum dahinter war größer und leerer und hatte zwei Türen, eine führte auf die Veranda, die andere, die einen Spalt weit offen stand, in ein kleines Zimmer. Ein großes Bett, ein runder Tisch daneben, zwei Sessel, ein überraschender Frisiertisch mit Marmorplatte und einem großen Spiegel. Zwei Frangipanikränze lagen auf dem Bett.

»Wird von mir erwartet, dass ich einen davon trage? Und wann?«

Ich setzte mir einen der Kränze auf und zog im Spiegel eine Grimasse. »Ich finde, er passt nicht sonderlich zu meinem hübschen Gesicht, was meinst du?«

»Du siehst aus wie ein König, ein Kaiser.«

»Gott bewahre«, sagte ich und nahm den Kranz ab. Er fiel zu Boden, und als ich zum Fenster ging, trat ich darauf. Das Zimmer füllte sich mit dem Duft zerdrückter Blüten. Im Spiegel sah ich, dass Antoinette sich mit einem kleinen Fächer aus Palmblättern fächelte, die am Rand blau und rot gefärbt waren. Ich spürte Schweiß auf meiner Stirn und setzte mich, sie kniete sich vor mich und trocknete mir das Gesicht mit ihrem Taschentuch.

»Es gefällt dir doch hier? Hier gehöre ich hin, und alles hier ist auf unserer Seite. Früher«, sagte sie, »schlief ich immer mit einem Stück Holz neben mir, damit ich mich verteidigen konnte, wenn ich angegriffen würde. Solche Angst hatte ich.«

»Angst wovor?«

Sie schüttelte den Kopf. »Vor nichts. Vor allem.«

Jemand klopfte und sie sagte: »Es ist nur Christophine.«

»Die alte Frau, die dein Kindermädchen war? Hast du Angst vor ihr?«

»Nein, wie könnte ich?«

»Wenn sie größer wäre«, sagte ich, »eine dieser korpulenten, immer perfekt hergerichteten Frauen, hätte ich vielleicht Angst vor ihr.«

Sie lachte. »Diese Tür führt in dein Ankleidezimmer.«

Ich machte sie leise hinter mir zu.

Das Zimmer wirkte überfüllt nach der Leere im Rest des Hauses. Es gab einen Teppich, den einzigen, den ich gesehen hatte, einen Schrank aus irgendeinem schönen Holz, das ich nicht kannte. Unter dem offenen Fenster stand ein kleiner Schreibtisch mit Papier, Federn und Tinte. »Ein Zufluchtsort«, dachte ich, als jemand sagte: »Das war Mr Masons Zimmer, Sir, aber er kam nicht oft her. Er mochte das Haus nicht.« Baptiste, der in der Verandatür stand, hatte eine Decke über dem Arm.

»Es ist sehr behaglich«, sagte ich. Er legte die Decke aufs Bett.

»Nachts kann es hier recht kalt werden«, sagte er. Und ging. Aber das Gefühl der Sicherheit hatte mich verlassen. Ich sah mich misstrauisch um. Die Tür zu Antoinettes Zimmer konnte verriegelt werden, ein kräftiges Querholz ließ sich vor die andere schieben. Es war das letzte Zimmer im Haus. Hölzerne Stufen führten von der Veranda auf einen weiteren ungepflegten Rasen, ein Bitterorangenbaum wuchs neben der Treppe. Ich ging zurück ins Ankleidezimmer und blickte aus dem Fenster. Ich sah einen Lehmweg, stellenweise matschig, gesäumt von einer Reihe hoher Bäume. Jenseits des Weges verschiedene halb verborgene Nebengebäude.

Eins war die Küche. Kein Schornstein, aber aus dem Fenster quoll Rauch. Ich setzte mich auf das weiche schmale Bett und lauschte. Kein Geräusch, bis auf den Fluss. Ich hätte allein im Haus sein können. Über dem Schreibtisch hing ein simples Bücherregal aus drei mit Schnur verbundenen Brettern, und ich besah mir die Bücher, Byrons Gedichte, Romane von Sir Walter Scott, De Quinceys *Bekenntnisse eines englischen Opiumessers,* mehrere schäbige braune Bände, und auf dem letzten Brett, *Memoiren und Briefe von ...* Der Rest war weggefressen.

Lieber Vater, nach mehreren beschwerlichen Tagen sind wir, von Jamaika kommend, hier eingetroffen. Dieses kleine Anwesen auf den Inseln über dem Winde ist Teil des Familienbesitzes, und Antoinette hängt sehr daran. Sie wünschte so schnell wie möglich hierher zu reisen. Alles ist gut und fügte sich entsprechend Ihren Plänen und Wünschen. Ich habe mit Richard Mason verhandelt. Sein Vater starb kurz nach meiner Abreise nach Westindien, wie Sie wahrscheinlich bereits wissen. Richard ist ein netter, gastfreundlicher und zuvorkommender Bursche, der mich ins Herz geschlossen hat und mir vollkommen vertraut. Der Ort hier ist sehr schön, aber ich bin noch zu geschwächt von meiner Krankheit, um ihn wirklich schätzen zu können. In einigen Tagen werde ich erneut schreiben.

Ich las mir den Brief noch einmal durch und fügte einen Nachtrag hinzu:

> Ich habe das Gefühl, Sie zu lange ohne Nachricht gelassen zu haben, denn die knappe Ankündigung meiner bevorstehenden Heirat war kaum eine Nachricht. Nach meiner Ankunft in Spanish Town lag ich zwei Wochen mit Fieber danieder. Nichts Ernsthaftes, aber ich fühlte mich ziemlich elend. Ich wohnte bei den Frasers, Freunden der Masons. Mr Fraser ist Engländer, Magistrat im Ruhestand, und er bestand darauf, mir in aller Ausführlichkeit von einigen seiner Fälle zu berichten. Es war schwierig, zusammenhängend zu denken oder zu schreiben. An diesem kühlen, abgelegenen Ort namens Granbois (Hochwald, vermute ich) fühle ich mich bereits besser, und mein nächster Brief wird länger und ausführlicher sein.

Ein kühler, abgelegener Ort … Ich fragte mich, wie sie ihre Briefe aufgaben. Ich faltete meinen zusammen und legte ihn in eine der Schreibtischschubladen.

Was meine verworrenen Eindrücke angeht, so werden sie nie niedergeschrieben werden. Es gibt Lücken in meiner Erinnerung, die nicht ausgefüllt werden können.

*

Alles war sehr grell und bunt, sehr seltsam, bedeutete mir jedoch nichts. Genauso wenig wie sie, das Mädchen, das ich heiraten sollte. Als ich sie schließlich kennenlernte, verbeugte ich mich, lächelte, küsste ihre Hand, tanzte mit ihr. Ich spielte die Rolle, die von mir erwartet wurde. Sie hatte nie auch nur das Geringste mit mir zu tun. Jede meiner Handlungen war eine Willensanstrengung, und manchmal wunderte ich mich, dass niemand dies bemerkte. Ich lauschte meiner eigenen Stimme und staunte über sie, ruhig, korrekt, aber doch unzweifelhaft tonlos. Dennoch muss ich eine fehlerlose Vorstellung geboten haben. Wenn ich einen Ausdruck des Zweifels oder der Neugier sah, so auf einem schwarzen Gesicht, nicht auf einem weißen.

Von der eigentlichen Zeremonie ist mir nur wenig in Erinnerung geblieben. Marmorne Gedenktafeln an den Wänden erinnerten an die Tugenden der vorangegangenen Generationen von Plantagenbesitzern. Alle gut. Alle Sklavenhalter. Alle ruhten sie in Frieden. Als wir aus der Kirche traten, ergriff ich Antoinettes Hand. Sie war trotz der heißen Sonne so kalt wie Eis.

Dann saß ich in einem überfüllten Raum an einem langen Tisch. Fächer aus Palmenblättern, Unmengen von Dienstboten, die Kopftücher der Frauen rot und gelb gestreift, die dunklen Gesichter der Männer. Der kräftige Geschmack des Punschs, der reinere Geschmack von Champagner, meine Braut in Weiß, aber ich erinnere mich kaum, wie sie aussah. Dann in einem anderen Zimmer Frauen in Schwarz. Cousine Julia, Cousine Ada, Tante Lina. Ob dünn oder dick, alle sahen gleich aus. Goldene Ohrringe in durchstochenen Ohren. Silberne Armbänder, die an ihren Handgelenken klimperten. Zu einer von ihnen sagte ich: »Wir verlassen Jamaika noch heute Abend«, und nach kurzer Pause antwortete sie: »Natürlich, Antoinette mag Spanish Town nicht. Ihre Mutter mochte es auch nicht.« Sie beäugte mich. (Werden ihre Augen kleiner, wenn sie älter werden? Kleiner, knopfartiger, wissbegieriger?) Danach glaubte ich, denselben Ausdruck auf all ihren Gesichtern zu erkennen. Neugier? Mitleid? Spott? Aber wieso sollten sie mich bemitleiden? Mich, der ich so viel erreicht habe?

Am Morgen vor der Hochzeit, als ich gerade meine erste Tasse Kaffee austrank, platzte Richard Mason in mein Zimmer bei den Frasers. »Sie will es nicht zu Ende bringen!«

»Was will sie nicht zu Ende bringen?«

»Sie will Sie nicht heiraten.«

»Wieso nicht?«

»Das hat sie nicht gesagt.«

»Sie muss doch einen Grund haben.«

»Sie will ihn aber nicht nennen. Ich habe eine Stunde lang auf die kleine Närrin eingeredet.«

Wir sahen einander an.

»Alles ist vorbereitet, die Geschenke, die Einladungen. Was soll ich bloß Ihrem Vater sagen?« Er schien den Tränen nahe.

Ich sagte: »Wenn sie nicht will, will sie nicht. Wir können sie schließlich nicht mit Gewalt vor den Altar schleifen. Geben Sie mir einen Augenblick Zeit, mich anzuziehen. Ich muss hören, was sie zu sagen hat.«

Widerspruchslos verließ er das Zimmer, und während ich mich ankleidete, dachte ich, dass diese Geschichte mich endgültig zum Narren machen würde. Die Vorstellung, in der Rolle des abgewiesenen Freiers, verschmäht von diesem Kreolenmädchen, nach England zurückzukehren, war mir ein Gräuel. Ich musste zumindest wissen, wieso.

Sie saß mit gesenktem Kopf in einem Schaukelstuhl. Ihre Haare lagen zu zwei langen Zöpfen geflochten über ihren Schultern. Ein Stück von ihr entfernt blieb ich stehen und fragte sanft: »Was ist, Antoinette? Was habe ich getan?«

Sie antwortete nicht.

»Sie möchten mich nicht mehr heiraten?«

»Nein.« Ihre Stimme war sehr leise.

»Wieso denn nicht?«

»Ich habe Angst davor, was danach kommt.«

»Wissen Sie denn nicht mehr, dass ich gestern Abend zu Ihnen sagte, dass es, wenn Sie meine Frau sind, keinen Grund mehr gibt, Angst zu haben?«

»Doch«, sagte sie. »Aber dann kam Richard herein, und Sie haben gelacht. Die Art, wie Sie gelacht haben, gefiel mir nicht.«

»Aber ich habe über mich selbst gelacht, Antoinette.«

Sie sah mich an, und ich nahm sie in die Arme und küsste sie.

»Sie wissen nicht das Geringste über mich«, sagte sie.

»Ich werde Ihnen vertrauen, wenn Sie mir vertrauen. Abgemacht? Sie würden mich sehr unglücklich machen, wenn Sie mich wegschicken, ohne mir zu sagen, was ich getan habe, was Ihnen so missfällt. Ich würde mit traurigem Herzen gehen.«

»Mit traurigem Herzen«, sagte sie und berührte mein Gesicht. Ich küsste sie inbrünstig, versprach ihr Frieden, Glück, Sicherheit, aber als ich fragte: »Kann ich dem armen Richard sagen, dass es ein Missverständnis war? Er ist ebenfalls traurig«, antwortete sie mir nicht. Sondern nickte nur.

*

In Gedanken an das alles, an Richards aufgebrachtes Gesicht, an ihre Stimme, die sagte: »Können Sie mir Frieden geben?«, muss ich eingeschlafen sein.

Ich erwachte vom Geräusch von Stimmen aus dem Nebenzimmer, von Gelächter und Wassergeplätscher. Noch schlaftrunken lauschte ich. Antoinette sagte: »Tu nicht noch mehr Parfüm auf meine Haare. Das mag er nicht.« Die andere: »Der Mann mag kein Parfüm? Was sagt man denn dazu?« Es war fast dunkel.

Das Speisezimmer war hell erleuchtet. Kerzen auf dem Tisch, eine ganze Reihe auf der Anrichte, dreiarmige Kerzenleuchter auf der alten Schiffstruhe. Die beiden Türen zur Veranda standen offen, aber es ging kein Wind. Die Flammen bewegten sich nicht. Antoinette saß auf dem Sofa, und ich fragte mich, wieso mir nie aufgefallen war, wie schön sie war. Ihre Haare waren aus ihrem Gesicht gekämmt und fielen glatt bis weit unter ihre Taille. Ich konnte die roten und goldenen Lichter darin sehen. Sie schien erfreut, als ich ihr ein Kompliment über ihr Kleid machte, und sagte, sie habe es in Martinique anfertigen lassen, in St Pierre. »Sie nennen den Stil *à la Joséphine*.«

»Du sprichst von St Pierre, als sei es Paris«, sagte ich.

»Aber es ist das Paris der westindischen Inseln.«

Rosa Blumenranken zierten den Tisch, ihr Name hallte angenehm in meinem Kopf nach. Coralita. Coralita. Das Essen war zu stark gewürzt, aber leichter und appetitlicher als alles, was ich in Jamaika gegessen hatte. Wir tranken Champagner. Zahllose Falter und Insekten fanden ihren Weg ins Zimmer, flogen in die Kerzen und fielen tot aufs Tischtuch. Amélie fegte sie mit einer Krümelbürste fort. Vergeblich. Weitere Falter und Insekten folgten.

»Stimmt es«, fragte Antoinette, »dass England wie ein Traum ist? Eine meiner Freundinnen, die einen Engländer geheiratet hat, hat das nämlich geschrieben. Sie sagt, dieses London ist manchmal wie ein kalter, dunkler Traum, aus dem man aufwachen möchte.«

»Nun«, antwortete ich verärgert, »genau so kommt

deine schöne Insel mir vor. Unwirklich und wie ein Traum.«

»Aber wie können Flüsse und Berge und das Meer unwirklich sein?«

»Und wie können Millionen von Menschen, ihre Häuser und ihre Straßen, unwirklich sein?«

»Viel leichter«, sagte sie. »Sehr viel leichter. Ja, eine große Stadt muss wie ein Traum sein.«

»Nein, das hier ist unwirklich und wie ein Traum«, dachte ich.

Die langgezogene Veranda war mit Liegestühlen, zwei Hängematten und einem Holztisch möbliert, auf dem ein dreibeiniges Teleskop stand. Amélie brachte Kerzen mit gläsernen Schirmen nach draußen, aber die Nacht verschluckte das schwache Licht. Es roch intensiv nach Blumen – den Blumen am Fluss, die sich nachts öffnen, wie sie mir sagte –, und der Lärm, im Innenraum gedämpft, war ohrenbetäubend. »Crac-cracs«, erklärte sie. »Sie klingen so, wie sie heißen. Und Grillen und Frösche.«

Ich beugte mich über das Geländer und sah Hunderte von Glühwürmchen – »Ja, in Jamaika heißen sie Glühwürmchen, hier werden sie *La belle* genannt.«

Ein großer Nachtfalter, so groß, dass ich ihn für einen Vogel hielt, taumelte in eine der Kerzen, löschte sie aus und fiel zu Boden. »Was für ein großer Bursche«, sagte ich.

»Ist er schlimm verbrannt?«

»Eher benommen als verletzt.«

Ich fasste das schöne Geschöpf mit meinem Taschentuch und setzte es aufs Geländer. Einen Moment verhielt es sich ganz still, und im schwachen Kerzenlicht konnte ich die weichen, leuchtenden Farben sehen, die kunstvolle Musterung der Flügel. Sanft schüttelte ich das Taschentuch, und der Falter flog weg.

»Ich hoffe, er ist jetzt außer Gefahr«, sagte ich.

»Er wird zurückkommen, wenn wir die Kerzen nicht auslöschen. Die Sterne sind hell genug.«

Tatsächlich war das Licht der Sterne so hell, dass sich die Schatten der Verandapfosten und der Bäume auf dem Boden abzeichneten.

»Lass uns einen Spaziergang machen«, sagte sie, »und ich erzähle dir eine Geschichte.«

Wir gingen über die Veranda zur Treppe, die auf den Rasen führte.

»Wir sind immer hierher gekommen, um dem heißen Wetter im Juni, Juli und August zu entgehen. Dreimal war ich mit meiner Tante Cora hier, die krank ist. Das war, nachdem ...« Sie verstummte und hob die Hand an ihren Kopf.

»Wenn es eine traurige Geschichte ist, erzähl sie mir nicht heute Abend.«

»Sie ist nicht traurig«, sagte sie. »Aber es gibt Dinge, die geschehen und dann für immer bleiben, obwohl man vergisst, wieso oder wann. Es war in dem kleinen Schlafzimmer da.«

Ich folgte ihrem deutenden Finger, konnte aber nur die Umrisse eines schmalen Betts und ein oder zwei Stühle sehen.

»In der Nacht, an die ich mich erinnere, war es sehr heiß. Das Fenster war geschlossen, aber ich bat Christophine, es zu öffnen, weil nachts eine Brise von den Hügeln kommt. Vom Land. Nicht vom Meer. Es war so heiß, dass mein Nachthemd an mir klebte, aber ich schlief trotzdem ein. Und dann wurde ich plötzlich wach. Ich sah zwei riesige Ratten, so groß wie Katzen, auf dem Fenstersims. Sie starrten mich an.

»Es wundert mich nicht, dass du Angst hattest.«

»Aber ich hatte keine Angst. Das war ja das Merkwürdige. Ich sah sie an, und sie bewegten sich nicht. Ich konnte mich im Spiegel auf der anderen Seite des Zimmers sehen, in meinem weißen Nachthemd mit den Rüschen am Kragen, wie ich diese Ratten ansah, und die Ratten verhielten sich ganz still und sahen mich an.

»Und dann?«

»Ich drehte mich um, zog das Laken hoch und schlief auf der Stelle ein.«

»Und das ist die ganze Geschichte?«

»Nein. Plötzlich wachte ich wieder auf, wie beim ersten Mal, und die Ratten waren nicht da, aber ich hatte große Angst. Ich sprang aus dem Bett und lief auf die Veranda und legte mich in diese Hängematte. Diese.« Sie deutete auf eine flache Hängematte, mit einer Schnur an jeder der vier Ecken.

»In jener Nacht war Vollmond – und ich betrachtete ihn lange. Keine Wolken jagten ihn, daher schien er ganz still zu stehen, er leuchtete auf mich herab. Am nächsten Morgen war Christophine sehr böse. Sie sagte, man dürfe bei Vollmond nicht draußen schlafen.«

»Hast du ihr von den Ratten erzählt?«

»Nein, bis jetzt habe ich noch nie jemandem von ihnen erzählt. Aber vergessen habe ich sie auch nicht.«

Ich hätte gern etwas Beruhigendes gesagt, aber der Duft der Flussblumen war überwältigend stark. Mir war schwindlig.

»Denkst du das auch?«, fragte sie. »Dass ich zu lange im Mondlicht geschlafen habe?«

Ihr Mund war zu einem starren Lächeln verzogen, aber ihre Augen waren so in sich gekehrt und einsam, dass ich sie in meine Arme nahm und sie wie ein Kind wiegte und ihr etwas vorsang. Ein altes Lied, von dem ich gedacht hatte, ich hätte es vergessen:

»Sei gegrüßt, Königin der stillen Nacht,
leuchte hell, Rotkehlchen, leuchte hell,
stirb, wenn der Tag erwacht.«

Sie hörte zu und sang dann mit mir:

»leuchte hell, Rotkehlchen, leuchte hell,
stirb, wenn der Tag erwacht.«

Niemand war im Haus, und nur zwei Kerzen brannten in dem Zimmer, das so hell erleuchtet gewesen war. Antoinettes Zimmer war dämmrig, mit einer abgeschirmten Kerze neben dem Bett und einer auf dem Frisiertisch. Eine Flasche Wein stand auf dem runden Tisch. Es war sehr spät, als ich zwei Gläser einschenkte und ihr sagte, sie solle auf unser Glück trinken, auf unsere Liebe und auf den endlosen Tag, der morgen vor uns lag. In diesem Augenblick war ich jung. Es war eine kurze Jugend.

Am nächsten Morgen erwachte ich im grüngelben Licht und fühlte mich unbehaglich, als beobachte mich jemand. Anscheinend war Antoinette schon seit einiger Zeit wach. Ihre Haare waren geflochten und sie trug ein frisches weißes Nachthemd. Ich drehte mich um, um sie in die Arme zu nehmen und hatte eigentlich vor, die sorgfältig geflochtenen Zöpfe zu lösen, aber gerade als ich es tun wollte, ertönte ein leises, diskretes Klopfen.

Sie sagte: »Ich habe Christophine schon zweimal weggeschickt. Wir stehen hier immer sehr früh auf. Der Morgen ist die beste Zeit.«

»Herein«, rief sie, und Christophine brachte uns unseren Kaffee auf einem Tablett. Sie hatte sich herausgeputzt und sah sehr beeindruckend aus. Der Rock ihres geblümten Kleides schleifte hinter ihr her und gab beim Gehen ein raschelndes Geräusch von sich, und ihr gelber Seidenturban war kunstvoll geschlungen. Lange, schwere, goldene Ohrringe zogen ihre Ohrläppchen nach unten. Sie wünschte uns lächelnd einen guten Morgen und stellte das Tablett mit Kaffee, Kassavakuchen und Guavengelee auf den runden Tisch. Ich stieg aus dem Bett und ging ins Ankleidezimmer. Jemand hatte meinen Morgenmantel auf das schmale Bett gelegt. Ich sah aus dem Fenster. Der wolkenlose Himmel war von einem blasseren Blau, als ich es mir vorgestellt hatte, aber während ich schaute, glaubte ich zu sehen, wie sich die Farbe in ein tieferes Blau verwandelte. Ich wusste, mittags würde der Himmel golden sein, dann messingfarben in der Hitze. Jetzt war er frisch und kühl, und die Luft selbst war blau. Schließlich wandte ich mich von Licht und Weite ab und ging zurück ins Schlafzimmer, das noch im Halbdunkel lag. Antoinette lehnte mit geschlossenen Augen in den Kissen. Sie öffnete sie und lächelte, als ich hereinkam, und die schwarze Frau, die über ihr aufragte, sagte: »Probieren Sie mein Stierblut, Herr.« Der Kaffee, den sie mir reichte, war köstlich, und sie hatte langfingrige Hände, schmal und schön, vermutete ich.

»Keine Pferdepisse, wie die englischen Madams sie trinken«, sagte sie. »Ich kenn sie. Immerzu trinken sie ihre gelbe Pferdepisse und reden und reden ihr Lügengerede.« Ihr Kleid schleifte wieder raschelnd hinter ihr her, als sie zur Tür ging. Dort drehte sie sich um. »Ich schick das Mädchen, damit es die Schweinerei wegmacht, die Sie mit dem Frangipani angerichtet haben, sonst kommen Kakerlaken ins Haus. Passen Sie auf, dass Sie nich auf den Blüten ausrutschen, junger Herr.« Sie glitt durch die Tür.

»Ihr Kaffee ist ausgezeichnet, aber ihre Ausdrucksweise ist entsetzlich, und sie könnte ihren Rock anheben. Er muss sehr schmutzig werden, wenn er derart über den Boden schleift.«

»Wenn sie ihren Saum nicht anheben, so um Respekt zu bezeigen«, sagte Antoinette. »Oder an Festtagen, oder wenn sie zur Messe gehen.«

»Und heute ist ein Festtag?«

»Sie wollte, dass es einer ist.«

»Aus welchem Grund auch immer, es ist keine reinliche Angewohnheit.«

»Doch. Du verstehst es einfach nicht. Es macht ihnen nichts, wenn ihr Kleid schmutzig wird, weil es zeigt, dass es nicht das einzige Kleid ist, das sie besitzen. Magst du Christophine nicht?«

»Sie ist zweifellos eine sehr achtbare Person. Aber ich kann nicht sagen, dass ihre Ausdrucksweise mir gefällt.«

»Es hat nichts zu bedeuten«, sagte Antoinette.

»Und sie sieht so träge aus. Sie trödelt herum.«

»Wieder irrst du dich. Sie wirkt langsam, aber jede ihrer Bewegungen ist richtig, so dass sie letztendlich schnell ist.«

Ich trank eine weitere Tasse Stierblut. (Stierblut, dachte ich. Der Junge Stier.)

»Wie ist dieser Frisiertisch hierher gekommen?«

»Ich weiß es nicht. Er war schon immer hier, seit ich mich erinnern kann. Eine Menge der Möbel wurde gestohlen, aber der Tisch nicht.«

Zwei rosa Rosen standen auf dem Tablett, jede in einem kleinen braunen Krug. Eine war voll erblüht, und als ich sie berührte, fielen die Blütenblätter ab.

»Rose elle a vécu«, sagte ich und lachte. »Hat das Gedicht recht? Haben alle schönen Dinge ein trauriges Schicksal?«

»Nein, natürlich nicht.«

Ihr kleiner Fächer lag auf dem Tisch, sie griff lachend danach, lehnte sich zurück und schloss die Augen. »Ich glaube, ich werde heute Morgen nicht aufstehen.«

»Nicht aufstehen? Überhaupt nicht?«

»Ich stehe auf, wenn mir danach ist. Ich bin nämlich sehr faul. Wie Christophine. Ich bleibe oft den ganzen Tag im Bett.« Sie bewegte ihren Fächer. »Die Badestelle am Fluss ist ganz in der Nähe. Geh, bevor es zu heiß wird. Baptiste wird dir den Weg zeigen. Es gibt zwei Becken, eins, das wir Champagnerbecken nennen, weil es dort einen Wasserfall gibt, keinen großen, versteh mich nicht falsch, aber es fühlt sich gut an, ihn auf den Schultern zu spüren. Etwas tiefer befindet sich das Muskatnussbecken, es ist braun und liegt im Schatten eines großen Muskatnussbaums. Es ist gerade groß genug, um darin zu schwimmen. Aber sei vorsichtig. Denk daran, deine Kleider auf einen Stein zu legen und sie gut auszuschütteln, bevor du sie wieder anziehst. Achte auf die rote Ameise, sie ist die Schlimmste. Sie ist sehr klein, aber leuchtend rot, deshalb kannst du sie leicht sehen, wenn du danach Ausschau hältst. Sei vorsichtig«, sagte sie noch einmal und schwenkte ihren kleinen Fächer.

Eines Morgens kurz nach unserer Ankunft war die Reihe der hohen Bäume vor meinem Fenster übersät mit kleinen, hellen Blüten, zu zart, um dem Wind standhalten zu können. Binnen eines Tages fielen sie ab und sahen auf dem rauen Gras aus wie Schnee – Schnee mit einem zarten, süßen Duft. Dann wurden sie weggeweht.

Das schöne Wetter hielt an. Es hielt die ganze Woche an, und die nächste und die nächste und die nächste. Kein Anzeichen einer Veränderung. Meine Fieberschwäche legte sich, ebenso alle bösen Vorahnungen.

Ich ging sehr früh zur Badestelle und blieb stundenlang dort, weil es mir widerstrebte, den Fluss zu verlassen, die Bäume, die ihn beschatteten, die Blumen, die sich nachts öffneten. Sie waren fest geschlossen, hingen schlaff herab, suchten unter ihren dicken Blättern Schutz vor der Sonne.

Es war ein wunderschöner Ort – wild, unberührt, vor allem unberührt, mit einer fremden, beunruhigenden, heimlichen Lieblichkeit. Und er bewahrte sein Geheimnis. Ich ertappte mich dabei, wie ich dachte:

»Was ich sehe, ist nichts – ich möchte, was dieser Ort verbirgt – denn das ist nicht nichts.«

Am späten Nachmittag, wenn das Wasser wärmer war, badete Antoinette mit mir. Sie verbrachte einige Zeit damit, mit Steinchen nach einem flachen Stein mitten im Becken zu werfen. »Ich habe sie gesehen. Sie ist nicht gestorben oder in einen anderen Fluss gegangen. Sie ist noch da. Die Landkrabben sind harmlos. Die Leute *sagen*, dass sie harmlos sind. Ich möchte nicht –«

»Ich auch nicht. Grässliche Kreaturen.«

Sie war unbestimmt, unsicher in Bezug auf Fakten – gleich welche Fakten. Als ich sie fragte, ob die Schlangen, die wir gelegentlich sahen, giftig seien, sagte sie: »Die da nicht. Die *fer de lance* natürlich, aber die gibt es hier nicht«, und fügte hinzu: »Aber wie können sie sicher sein? Meinst du, sie wissen es wirklich?« Dann: »Unsere Schlangen sind nicht giftig. Natürlich nicht.«

In Bezug auf die Monsterkrabbe war sie jedoch sicher, und eines Nachmittags, als ich sie betrachtete und kaum glauben konnte, dass sie das blasse, stille Wesen war, das ich geheiratet hatte, als ich sie in ihrem blauen Unterkleid betrachtete, blau mit weißen Tupfen, bis weit über die Knie hochgekrempelt, hörte sie auf zu lachen, stieß einen Warnruf aus und warf einen großen Stein. Sie warf wie ein Junge, mit einer sicheren, anmutigen Bewegung, und ich sah eine sehr große Kneifzange, schartig und scharf, die gerade verschwand.

»Sie greift dich nicht an, wenn du dich von dem Stein

da fernhältst. Sie lebt dort. Oh, sie ist eine andere Sorte Krabbe. Ich weiß den englischen Namen nicht. Sehr groß, sehr alt.«

Auf dem Nachhauseweg fragte ich sie, wer ihr beigebracht hatte, so gut zu zielen. »Oh, das war Sandi, ein Junge, den du nicht kennst.«

Jeden Abend beobachteten wir den Sonnenuntergang von dem strohgedeckten Pavillon aus, den sie *ajoupa* nannte, ich das Sommerhaus. Wir beobachteten den Himmel und das ferne, in Flammen stehende Meer – alle Farben waren in diesem Feuer enthalten, und die mächtigen Wolken waren von Flammen umrandet und durchschossen. Aber bald wurde ich des Schauspiels müde. Ich wartete auf den Duft der Blumen am Fluss – sie öffneten sich, wenn die Dunkelheit einbrach, und sie brach schnell herein. Keine Nacht oder Dunkelheit, wie ich sie kannte, sondern Nacht voller gleißender Sterne, mit einem fremdländischen Mond – Nacht voller fremder Geräusche. Dennoch Nacht, nicht Tag.

»Der Mann, dem Consolation Estate gehört, ist ein Einsiedler«, sagte sie. »Er besucht nie jemanden – und spricht kaum, sagen alle.«

»Ein Einsiedler als Nachbar ist mir recht. Sehr recht sogar.«

»Es gibt vier Einsiedler auf dieser Insel«, fuhr sie fort. »Vier richtige. Andere tun nur so, als wären sie welche, aber sie gehen weg, wenn die Regenzeit kommt. Oder sie sind die ganze Zeit betrunken. Dann geschehen traurige Dinge.«

»Dieser Ort ist also so einsam, wie er sich anfühlt?«, fragte ich sie.

»Ja, er ist einsam. Bist du hier glücklich?«

»Wer wäre das nicht?«

»Ich liebe diesen Ort mehr als alles auf der Welt. Als wäre er ein Mensch. Mehr sogar.«

»Aber du kennst die Welt doch gar nicht«, neckte ich sie.

»Nein, nur das hier, und Jamaika natürlich. Coulibri, Spanish Town. Die anderen Inseln kenne ich überhaupt nicht. Ist die Welt denn noch schöner?«

Was sollte ich darauf antworten? »Sie ist anders«, sagte ich.

Sie erzählte mir, lange Zeit habe sie nicht gewusst, was mit Granbois sei. »Als Mr Mason kam (sie nannte ihren Stiefvater immer Mr Mason), wurde es vom Wald vereinnahmt.« Der Aufseher trank, das Haus verfiel, alle Möbel waren gestohlen worden, dann fand er Baptiste. Einen Butler. Auf St Kitts. Aber auf dieser Insel geboren und bereit, zurückzukehren. »Er ist ein sehr guter Aufseher«, sagte sie, und ich stimmte ihr zu und behielt meine Meinung über Baptiste, Christophine und all die anderen für mich. »Baptiste sagt … Christophine möchte …«

Sie vertraute ihnen, während ich das nicht tat. Aber das konnte ich nicht gut sagen. Noch nicht.

Wir sahen nicht viel von ihnen. Die Küche und das geschäftige Treiben dort waren ein gutes Stück entfernt. Was das Geld anging, das Antoinette so unbekümmert aushändigte, ohne es zu zählen, ohne zu wissen, wie viel sie gab, ohne sich um die unbekannten Gesichter zu kümmern, die auftauchten und wieder verschwanden, allerdings nie ohne eine reichhaltige Mahlzeit und einen anständigen Schluck Rum, wie ich herausfand – Schwestern, Cousinen, Tanten und Onkel –, wenn sie keine Fragen stellte, wie konnte ich es dann tun?

Das Haus wurde sehr früh ausgefegt, Staub wurde gewischt, normalerweise bevor ich wach wurde. Hilda brachte den Kaffee, und immer befanden sich zwei Rosen auf dem Tablett. Manchmal lächelte sie süß und kindlich, manchmal kicherte sie sehr laut und dreist, knallte das Tablett hin und lief weg.

»Dummes kleines Ding«, sagte ich.

»Nein, nein. Sie ist schüchtern. Die Mädchen hier sind sehr schüchtern.«

Nach dem Frühstück gegen Mittag herrschte Stille bis zur Abendmahlzeit, die viel später serviert wurde als in England. Eine von Christophines Marotten, da war ich mir sicher. Dann ließ man uns allein. Manchmal beunruhigte mich ein Seitenblick oder eine verschlagene, wissende Miene, aber das hielt nie lange an. »Nicht jetzt«, dachte ich. »Noch nicht.«

Oft regnete es, wenn ich in der Nacht wach wurde,

ein leichter, launischer Schauer, ein tänzerischer, spielerischer Regen, oder gedämpft, kaum vernehmbar, lauter werdend, beharrlicher, eindringlicher, ein unerbittliches Geräusch. Aber immer Musik, eine Musik, die ich nie zuvor gehört hatte.

Dann betrachtete ich sie minutenlang bei Kerzenlicht, fragte mich, wieso sie im Schlaf so traurig aussah und verfluchte das Fieber oder die Vorsicht, die mich so blind gemacht hatten, so schwach, so zögerlich. Ich erinnerte mich an ihren Fluchtversuch. (*Nein, es tut mir leid, ich will Sie nicht heiraten.*) Hatte sie sich den Argumenten Richards gebeugt, Drohungen womöglich, ich hatte kein großes Zutrauen zu ihm, oder meinen eigenen nur halb ernst gemeinten Schmeicheleien und Versprechungen? Jedenfalls hatte sie nachgegeben, wenn auch kalt, widerstrebend, hatte versucht, sich mit Schweigen und einer ausdruckslosen Miene zu schützen. Unzureichenden Waffen, die ihr weder gute Dienste geleistet noch lange gehalten hatten. Wenn ich die Vorsicht in den Wind geschlagen habe, so sie das Schweigen und die Kälte.

Soll ich sie wecken und mir die Dinge anhören, die sie sagt, flüstert? In der Dunkelheit. Nicht bei Tag.

»Bevor ich dich kannte, wollte ich nicht leben. Ich dachte immer, es wäre besser, ich würde sterben. Man muss so lange warten, bis es vorbei ist.«

»Hast du das je jemandem erzählt?«

»Es gab niemandem, dem ich es hätte erzählen können, niemanden, der zugehört hätte. Ach, du kannst dir Coulibri nicht vorstellen.«

»Und nach Coulibri?«

»Nach Coulibri war es zu spät. Ich habe mich nicht verändert.«

Tagsüber war sie wie jedes andere Mädchen, lächelte sich im Spiegel zu (*magst du dieses Parfüm?*), versuchte, mir ihre Lieder beizubringen, denn sie ließen mir keine Ruhe.

Adieu foulard, adieu madras, oder *Ma belle ka di maman li*. Mein schönes Mädchen sagte zu ihrer Mutter (*Nein, nicht so. Hör zu. Es geht so*). Oft verfiel sie in Schweigen oder war ohne jeden Grund verärgert oder plapperte auf Patois mit Christophine.

»Wieso umarmst und küsst du Christophine?«, fragte ich.

»Wieso nicht?«

»*Ich* würde diese Leute nicht umarmen und küssen«, sagte ich. »Ich könnte es nicht.«

Darüber lachte sie lange und erklärte mir nie, wieso sie lachte.

Aber nachts, wie anders sie dann war, sogar ihre Stimme veränderte sich. Immer redete sie vom Tod. (Versucht sie mir zu sagen, das ist das Geheimnis dieses Ortes? Dass es keinen anderen Weg gibt? Sie weiß es. Sie weiß es.)

»Wieso hast du mich dazu gebracht, leben zu wollen? Wieso hast du mir das angetan?«

»Weil ich es wollte. Ist das nicht genug?«

»Doch, es ist genug. Aber wenn du es eines Tages nicht mehr willst? Was soll ich dann tun? Angenommen, du nimmst dieses Glück fort, wenn ich gerade nicht hinsehe ...«

»Und verliere dadurch mein eigenes? Wer würde etwas so Dummes tun?«

»Ich bin nicht an Glück gewöhnt«, sagte sie. »Es macht mir Angst.«

»Du darfst niemals Angst haben. Oder wenn doch, darfst du es niemandem sagen.«

»Ich verstehe. Aber es zu versuchen, hilft mir nicht.«

»Was würde dir dann helfen?« Darauf antwortete sie nicht, und flüsterte dann eines Nachts: »Wenn ich sterben könnte. Jetzt, wo ich glücklich bin. Würdest du das tun? Du würdest mich nicht töten müssen. Sag stirb, und ich werde sterben. Du glaubst mir nicht? Stell mich auf die Probe, stell mich auf die Probe, sag stirb und sieh zu, wie ich sterbe.«

»Dann stirb! Stirb!« Ich sah sie viele Male sterben. Auf meine Weise, nicht auf ihre. Bei Sonnenschein, im Schatten, im Mondlicht, im Schimmer der Kerzen. An den langen Nachmittagen, wenn das Haus leer war. Nur die Sonne leistete uns Gesellschaft. Wir schlossen sie aus. Wieso auch nicht? Bald war sie ebenso versessen auf das, was man Liebe nennt, wie ich – hinterher verlorener und aufgelöster.

»Hier kann ich tun, was ich will«, sagte sie, nicht ich,

doch dann sagte auch ich es. Es schien richtig an diesem einsamen Ort. »Hier kann ich tun, was ich will.«

Wenn wir das Haus verließen, begegneten wir nur selten anderen Menschen. Falls doch, grüßten sie uns und gingen ihrer Wege.

Allmählich begann ich, diese Bergbewohner zu mögen, still, reserviert, nie unterwürfig, nie neugierig (dachte ich zumindest), ohne zu wissen, dass ihre schnellen Seitenblicke alles sahen, was sie zu sehen wünschten.

Erst nachts spürte ich Gefahr und versuchte, sie zu vergessen und von mir wegzuschieben.

»Du bist sicher«, sagte ich. Das gefiel ihr – gesagt zu bekommen: »Du bist sicher.« Oder ich berührte sanft ihr Gesicht und berührte Tränen. Tränen – nichts! Worte – weniger als nichts. Und was das Glück anging, das ich ihr gab, es war schlimmer als nichts. Ich liebte sie nicht. Ich dürstete nach ihr, aber das ist keine Liebe. Ich empfand sehr wenig Zärtlichkeit für sie, sie war für mich eine Fremde, eine Fremde, die nicht dachte oder fühlte wie ich.

Eines Nachmittags machte mich der Anblick eines Kleides, das sie auf dem Boden ihres Schlafzimmers liegen gelassen hatte, atemlos und wild vor Begierde. Als ich erschöpft war, drehte ich mich von ihr weg und schlief, immer noch ohne ein Wort oder eine Zärtlichkeit. Ich wachte auf, und sie küsste mich – sanfte, zarte Küsse. »Es ist spät«, sagte sie lächelnd. »Du musst dich von mir zudecken lassen – der Landwind kann kalt sein.«

»Und du? Frierst du denn nicht?

»Oh, ich mache mich gleich fertig. Heute Abend trage ich das Kleid, das dir so gefällt.«

»Ja, tu das.«

Der Boden war mit Kleidungsstücken übersät, ihren und meinen. Sie trat achtlos über sie hinweg, als sie zu ihrem Kleiderschrank ging. »Ich habe gedacht, ich lasse mir noch genau so eins machen«, versprach sie glücklich. »Würde dir das gefallen?«

»Sehr.«

Wenn sie ein Kind war, so kein dummes, sondern ein störrisches. Oft stellte sie mir Fragen über England und hörte aufmerksam zu, wenn ich antwortete, aber ich war sicher, dass nichts, was ich sagte, für sie einen Unterschied ausmachte. Ihre Meinung stand bereits fest. Irgendein Roman, eine beiläufige, nie vergessene Bemerkung, eine Zeichnung, ein Gemälde, ein Lied, ein Walzer, ein paar Töne Musik, und ihr Bild stand fest. In Bezug auf England und auf Europa. Ich konnte nichts daran ändern, wahrscheinlich war nichts dazu in der Lage. Die Realität mochte sie aus der Fassung bringen, verwirren, verletzen, aber dann war es nicht die Realität. Dann war es ein Irrtum, ein unglückliches Zusammentreffen, ein falsch eingeschlagener Weg, ihre feststehenden Ideen änderten sich dadurch nicht.

Nichts, was ich sagte, beeinflusste sie auch nur im Geringsten.

Dann stirb. Schlaf. Es ist alles, was ich dir geben kann … ich frage mich, ob sie je erriet, wie nah sie dem Sterben kam. Dem auf ihre Art, nicht auf meine. Es war kein ungefährliches Spiel, was wir da spielten – nicht an diesem Ort. Begehren, Hass, Leben, Tod kamen in der Dunkelheit sehr nah an uns heran. Es war besser, nicht zu wissen, wie nah. Besser, nicht zu denken, nicht für einen Augenblick. Nicht nah. Dasselbe … »Du bist sicher«, sagte ich zu ihr, und auch zu mir selbst: »Mach die Augen zu. Ruh dich aus.«

Dann lauschte ich dem Regen, einer schläfrigen Melodie, von der man meinen konnte, sie würde ewig weitergehen … Regen, immer regnete es. Ertränke mich in Schlaf. Bald.

Am nächsten Morgen gab es kaum Anzeichen für diese Schauer. Wenn manche der Blumen zerfleddert aussahen, dufteten die anderen nur umso süßer, die Luft war blauer und funkelnd frisch. Nur der Lehmweg vor meinem Fenster war matschig. Kleine, seichte Wasserpfützen glitzerten in der heißen Sonne, rote Erde trocknet nur langsam.

*

»Der hier is heute Morgen für Sie gekommen, Herr«, sagte Amélie. »Hilda hat ihn angenommen.« Sie reichte mir einen dicken Umschlag, sorgfältig in Schönschrift adressiert. »*Persönlich. Dringend*« stand in der Ecke.

»Von einem unserer einsiedlerischen Nachbarn«, dachte ich. »Mit einem eingelegten Briefchen für Antoinette.« Dann sah ich Baptiste neben der Verandatreppe stehen, steckte den Brief in meine Tasche und vergaß ihn.

Ich war an diesem Morgen später dran als üblich, aber als ich angezogen war, blieb ich lange sitzen und lauschte auf den Wasserfall, die Augen halb geschlossen, schläfrig und zufrieden. Als ich die Hand in die Tasche steckte, um meine Uhr hervorzuholen, berührte ich den Umschlag und öffnete ihn.

Werter Herr. Ich ergreife meine Feder nach langem Nachdenken und Überlegen, aber am Ende ist die Wahrheit besser als eine Lüge. Ich habe Folgendes zu sagen. Sie wurden von den Masons schamlos hinters Licht geführt. Vielleicht haben sie Ihnen gesagt, der Name Ihrer Frau ist Cosway, und dass der englische Gentleman, Mr Mason, nur ihr Stiefvater ist, aber sie haben Ihnen sicher nicht gesagt, was für Leute diese Cosways waren. Üble, abscheuliche Sklavenhalter seit Generationen – ja, alle in Jamaika hassen sie, und auch auf dieser schönen Insel, wo Ihr Aufenthalt, wie ich hoffe, trotz allem lang und angenehm sein wird, denn manche sind Kummer nicht wert. Dabei ist die Schlechtigkeit nicht mal das Schlimmste. Es liegt

Wahnsinn in der Familie. Der alte Cosway ist im Wahn gestorben, wie schon sein Vater vor ihm.

Sie fragen, was für Beweise ich habe und warum ich mich in Ihre Angelegenheiten mische. Ich will Ihnen antworten. Ich bin der Bruder Ihrer Frau, von einer anderen Dame, halb-halb, wie man hier bei uns sagt. Ihr und mein Vater war ein Mann ohne jede Scham, und von all seinen unehelichen Kindern bin ich am unglücklichsten und am bitterärmsten.

Meine Momma ist gestorben, wie ich noch klein war, meine Patin hat mich großgezogen. Der alte Mann hat ein bisschen was dazugegeben, obwohl er mich nicht leiden kann. Nein, der alte Teufel kann mich kein bisschen ausstehen, und wie ich älter werde, merk ich das und denk: Wart nur, meine Zeit wird kommen. Fragen Sie die älteren Leute nach seinem abscheulichen Treiben, Sir, einige werden sich erinnern.

Wie Madam seine Frau stirbt, heiratet der Verwerfliche gleich wieder, ein junges Mädchen aus Martinique – sie ist zu viel für ihn. Besoffen von morgens bis abends, bis er rasend und fluchend stirbt.

Dann kommt die glorreiche Sklavenbefreiung und Probleme für einige von den reichen Herren. Niemand will noch für die junge Frau und ihre zwei Kinder arbeiten, und das Anwesen Coulibri verkommt im Nu, wie alles hier draußen, wenn keiner auf dem Land schuftet und rackert. Sie hat kein Geld und keine Freunde, weil Franzosen und Engländer auf diesen Inseln seit langer Zeit wie Hund und Katz sind. Mit Schießen und Umbringen und allem.

Die Frau namens Christophine, auch aus Martinique, bleibt bei ihr, und ein alter Mann, Godfrey, der zu dumm ist, um zu wissen, was passiert ist. Manche sind so. Aber die junge Mrs Cosway ist zu nichts zu gebrauchen und durch und durch verwöhnt und kann nicht mal einen Finger rühren, und bald kommt der Wahnsinn zum Vorschein, der in ihr und all den weißen Kreolen steckt. Sie schließt sich ein und lacht und redet mit Leuten, die es gar nicht gibt, was viele bezeugen können. Und das kleine Mädchen, Antoinetta, das versteckt sich, kaum dass es laufen kann, sowie es jemand sieht.

Wir alle warten drauf zu hören, die Frau ist von ner Klippe gesprungen, »*fini batte'e*«, wie man hier bei uns sagt, was bedeutet, aus der Kampf.

Aber nein. Sie verheiratet sich noch mal, mit dem reichen Engländer Mr Mason, und ich könnt so manches dadrüber sagen, aber Sie würden es nicht glauben, also halt ich den Mund. Die Leute sagen, er liebt sie so sehr, er würd ihr die Welt auf nem Silbertablett schenken – aber es ist sinnlos.

Der Wahnsinn wird schlimmer, und sie muss weggesperrt werden, weil sie versucht, ihren Mann umzubringen – und der Wahnsinn ist längst nicht alles.

Das, Sir, ist die Mutter Ihrer Frau – das war ihr

Vater. Ich selber, ich geh aus Jamaika weg. Ich weiß nicht, was aus der Frau wird. Manche sagen, sie ist tot, andere bestreiten es. Aber der alte Mason hält große Stücke auf das Mädchen Antoinetta und hinterlässt ihr sein halbes Geld, wie er stirbt.

Es verschlägt mich hierhin und dahin, ohne viel Glück, aber ich hab ein bisschen was auf der hohen Kante, und ich hör von einem Haus auf dieser Insel in der Nähe von Massacre, was zum Verkauf steht. Es ist billig zu haben, und ich kauf es. Neuigkeiten verbreiten sich sogar bis in diese Wildnis, und als Nächstes hör ich aus Jamaika, der alte Mr Mason ist tot und die Familie will das Mädchen an einen jungen Engländer verheiraten, der nichts über sie weiß. Da denk ich mir, es ist meine Christenpflicht, den Gentleman zu warnen, dass sie kein Mädchen zum Heiraten ist, bei all dem schlechten Blut von beiden Seiten, was in ihr steckt. Aber die sind weiß, ich bin farbig. Die sind reich, ich bin arm. Wie ich noch über das alles nachdenk, wird die Sache ganz schnell beim Magistrat erledigt, während Sie noch vom Fieber geschwächt sind, bevor Sie Fragen stellen können. Ob das stimmt oder nicht, müssen Sie selber wissen.

Dann kommen Sie für die Flitterwochen auf diese Insel, und da weiß ich, der Herr hat diese Angelegenheit auf meine Schultern gebürdet und ich muss Ihnen die Wahrheit sagen. Trotzdem zöger ich.

Ich höre, Sie sind jung und sehen gut aus und haben

ein freundliches Wort für alle, Schwarze, Weiße und auch Farbige. Aber ich höre auch, das Mädchen ist schön, so wie ihre Mutter schön war, und Sie sind verhext von ihr. Sie ist in Ihrem Blut und in Ihren Knochen. Bei Tag und bei Nacht. Aber Sie sind ein ehrenwerter Mann und wissen sehr gut, dass für eine Ehe mehr nötig ist als das. Was nicht dauert. Der alte Mason war so von ihrer Mutter verhext, und Sie sehen ja, was aus ihm geworden ist. Sir, ich bete, meine Warnung kommt rechtzeitig.

Sir, fragen Sie sich, wie ich diese Geschichte erfinden kann und aus welchem Grund. Wie ich Jamaika verlasse, kann ich ein wenig lesen schreiben und rechnen. Ein braver Mann auf Barbados bringt mir mehr bei, er gibt mir Bücher und sagt, ich soll jeden Tag in der Bibel lesen, und ich lern ohne Mühe. Er ist überrascht, wie schnell. Trotzdem bin ich ein unwissender Mann und denk mir diese Geschichte nicht aus. Ich kann nicht. Sie ist wahr.

Ich sitz an meinem Fenster und Wörter fliegen an mir vorbei wie Vögel – mit Gottes Hilfe fang ich einige ein.

Eine Woche hab ich für diesen Brief gebraucht. Ich kann nachts nicht schlafen, weil ich überleg, was ich sagen soll. Deshalb komm ich jetzt schnell zum Schluss und beende meine Aufgabe.

Sie glauben mir immer noch nicht? Dann stellen Sie dem Teufel Richard Mason drei Fragen und zwingen

Sie ihn, Ihnen Antwort zu geben. Ist die Mutter Ihrer Frau weggesperrt, nicht nur tobsüchtig, sondern noch Schlimmeres? Ob tot oder lebendig, weiß ich nicht.

War der Bruder Ihrer Frau ein Idiot von Geburt an, obwohl Gott in seiner Gnade ihn früh zu sich genommen hat?

Geht Ihre Frau denselben Weg wie Ihre Mutter, und alle wissen es?

Richard Mason ist ein schlauer Kerl und wird Ihnen eine Menge Nancy-Storys erzählen, wie man hier bei uns zu Lügengeschichten sagt, über was auf Coulibri passiert ist und dies und das. Hören Sie nicht hin. Er soll Ihnen antworten – ja oder nein.

Wenn er schweigt, fragen Sie andere, denn viele finden es schändlich, wie diese Familie Sie und Ihre Angehörigen behandelt hat.

Ich bitte Sie, mich aufzusuchen, Sir, denn es gibt mehr, was Sie wissen sollten. Aber meine Hand schmerzt, mein Kopf schmerzt, und mein Herz ist wie ein Stein, weil ich Ihnen Kummer bringe. Geld ist gut, aber kein Geld der Welt kann Sie für eine Wahnsinnige in Ihrem Bett entschädigen. Wahnsinnig und noch dazu Schlimmeres.

Ich leg meine Feder mit einer letzten Bitte nieder. Kommen Sie mich bald besuchen. Ihr gehors. Diener. Daniel Cosway.

Fragen Sie das Mädchen Amélie, wo ich wohne. Sie weiß es, sie kennt mich. Sie gehört zu dieser Insel.

Ich faltete den Brief sorgfältig zusammen und steckte ihn in meine Tasche. Ich war nicht überrascht. Es war, als hätte ich ihn erwartet, als hätte ich darauf gewartet. Eine Weile, ob lang oder kurz, weiß ich nicht, saß ich da und hörte dem Fluss zu. Schließlich stand ich auf, die Sonne war jetzt heiß. Ich ging mit steifen Schritten und konnte mich nicht zum Nachdenken zwingen. Ich kam an einer Orchidee mit langen Ranken goldbrauner Blüten vorbei. Eine davon berührte meine Wange, und ich erinnerte mich, dass ich eines Tages welche für sie gepflückt hatte. »Sie sind wie du«, hatte ich gesagt. Jetzt blieb ich stehen, brach einen Zweig ab und trampelte ihn in den Matsch. Das brachte mich wieder zu Sinnen. Schwitzend und zitternd lehnte ich mich an einen Baum. »Es ist viel zu heiß heute«, sagte ich laut, »viel zu heiß.« Als das Haus in Sicht kam, ging ich schweigend weiter. Niemand war zu sehen. Die Küchentür war geschlossen und alles sah verlassen aus. Ich ging die Stufen hinauf und über die Veranda, und als ich Stimmen hörte, blieb ich hinter der Tür stehen, die in Antoinettes Zimmer führte. Ich konnte es im Spiegel reflektiert sehen. Sie lag auf dem Bett, das Mädchen Amélie fegte den Boden.

»Beeil dich«, sagte Antoinette, »und lauf und sag Christophine, dass ich sie sehen möchte.«

Amélie stützte die Hände auf den Besenstiel. »Christophine geht weg«, sagte sie.

»Weg?«, wiederholte Antoinette.

»Ja, weg«, sagte Amélie. »Christophine gefällt es nämlich nich in diesem reizenden Flitterwochenhaus.« Sie drehte sich um, sah mich und lachte laut auf. »Ihr Mann, der steht vor der Tür und sieht aus, wie wenn er einen Zombie gesehen hätt. Vielleicht hat er die reizenden Flitterwochen auch satt.«

Antoinette sprang aus dem Bett und versetzte ihr eine Ohrfeige.

»Ich schlag zurück, weiße Kakerlake, ich schlag zurück«, rief Amélie. Und tat es.

Antoinette packte ihre Haare. Amélie, deren Zähne gefletscht waren, schien sie beißen zu wollen.

»Antoinette, um Himmels Willen«, rief ich von der Tür her.

Sehr blass fuhr sie herum. Amélie schlug die Hände vors Gesicht und gab vor zu schluchzen, aber ich sah, dass sie mich durch ihre Finger hindurch beobachtete.

»Geh, Kind«, sagte ich.

»Du nennst sie Kind?«, rief Antoinette. »Sie ist älter als der Teufel, und selbst der könnte nicht niederträchtiger sein.«

»Schick Christophine her«, sagte ich zu Amélie.

»Ja, Herr, ja, Herr«, antwortete sie leise und mit gesenktem Blick. Aber kaum dass sie aus dem Zimmer war, fing sie an zu singen:

»Die weiße Kakerlak, sie heiratet.
Die weiße Kakerlak, sie heiratet.
Die weiße Kakerlak, sie kauft sich den jungen Mann.
Die weiße Kakerlak, sie heiratet.«

Antoinette machte ein paar Schritte auf mich zu. Ihr Gang war unsicher. Ich ging zu ihr, um ihr zu helfen, aber sie stieß mich weg, setzte sich aufs Bett und zerrte am Laken herum. Ihre Lippen waren fest zusammengepresst. Dann gab sie ein gereiztes, klickendes Geräusch von sich, nahm eine Schere von dem runden Tisch, durchschnitt den Saum des Lakens und riss es in der Mitte durch, dann zerriss sie die beiden Hälften in Streifen.

Das Geräusch, das sie dabei verursachte, verhinderte, dass ich Christophine hereinkommen hörte, aber Antoinette hörte sie.

»Du gehst doch nicht wirklich weg?«, fragte sie.

»Doch«, antwortete Christophine.

»Und was soll dann aus mir werden?«, fragte Antoinette.

»Steh auf und zieh dich an, Mädchen. Frauen müssen Mumm haben, wenn sie in dieser bösen Welt überleben wollen.«

Sie hatte sich umgezogen und trug ein Baumwollkleid von gedämpfter Farbe und hatte ihre schweren goldenen Ohrringe abgenommen.

»Ich hab genug Probleme erlebt«, sagte sie. »Und

Recht auf meine Ruhe. Ich hab das Haus, das deine Mutter mir vor so langer Zeit geschenkt hat, und meinen Garten und meinen Sohn, der mir helfen kann. Der Junge is zwar ein Faulpelz, aber ich bring ihn zum Arbeiten. Zudem kann der junge Herr mich nich leiden, und vielleicht kann ich ihn auch nich so gut leiden. Wenn ich hier bleib, bring ich nur Ärger und Streitigkeit in dein Haus.«

»Wenn du hier nicht glücklich bist, dann geh«, sagte Antoinette.

Amélie kam mit zwei Krügen mit heißem Wasser ins Zimmer. Sie warf mir einen Seitenblick zu und lächelte mich an.

Mit leiser Stimme sagte Christophine: »Amélie. Wenn du nur noch *ein* Mal so lächelst, nur noch *ein* Mal, zerquetsch ich dein Gesicht, wie ich ne Kochbanane zerquetschen würd. Hast du mich verstanden? Antworte mir, Mädchen.«

»Ja, Christophine«, sagte Amélie, die sehr verängstigt aussah.

»Und außerdem mach ich dir Bauchweh, wie du noch keins erlebt hast. Vielleicht liegst du lange mit dem Bauchweh im Bett, das ich dir mach. Vielleicht stehst du von dem Bauchweh, das ich dir mach, nie wieder auf. Also benimm dich anständig. Verstanden?«

»Ja, Christophine«, sagte Amélie und schlich aus dem Zimmer.

»Das Mädchen is zu nichts nutze«, kam es verächtlich von Christophine. »Scharwenzelt und krabbelt rum wie ein Tausendfüßler.«

Sie küsste Antoinette auf die Wange. Dann sah sie mich an, schüttelte den Kopf und murmelte etwas auf Patois, bevor sie hinausging.

»Hast du gehört, was dieses Mädchen gesungen hat?«, fragte Antoinette.

»Ich verstehe nicht immer, was sie sagen oder singen.« Oder was auch immer.

»Es war ein Lied über eine weiße Kakerlake. Damit bin ich gemeint. So nennen sie alle von uns, die hier waren, bevor ihre eigenen Leute in Afrika sie an die Sklavenhändler verkauften. Und ich habe selbst gehört, wie die englischen Frauen uns als weiße Nigger bezeichnen. Und wenn ich das alles höre, frage ich mich, wer ich bin und wo mein Land ist und wo ich hingehöre und wieso ich überhaupt geboren wurde. Würdest du jetzt bitte gehen? Wie Christophine gesagt hat, muss ich mich anziehen.«

Nachdem ich eine halbe Stunde gewartet hatte, klopfte ich an ihre Tür. Ich erhielt keine Antwort, also bat ich Baptiste, der unter dem Bitterorangenbaum am Ende der Veranda saß, mir etwas zu essen zu bringen. Er servierte mir das Essen mit einem derart kummervollen Ausdruck, dass ich dachte, diese Leute sind sehr angreifbar. Wie alt war ich selbst, als ich lernte, mir nicht anmerken zu lassen, was ich fühlte? Sehr klein. Sechs, fünf, vielleicht sogar noch jünger. Es war notwendig, so sagte man mir, und ich habe diese Sichtweise immer akzeptiert. Wenn diese Berge mich herausfordern, oder Baptistes Gesicht, oder Antoinettes Augen, sind sie im Irrtum, melodramatisch, unwirklich (England muss sehr unwirklich und wie ein Traum sein, sagte sie).

Der Rumpunsch, den ich getrunken hatte, war sehr stark, und nach der Mahlzeit verspürte ich den starken Wunsch zu schlafen. Wieso nicht? Es war die Zeit, in der alle schlafen. Ich stellte mir die Hunde, die Katzen, die Hähne und die Hühner alle schlafend vor, sogar, dass das Wasser im Fluss langsamer lief.

Ich wachte auf, dachte sofort an Antoinette und öffnete die Tür ihres Zimmers, aber auch sie schlief. Mit dem Rücken zu mir lag sie ganz still da. Ich sah aus dem Fenster. Die Stille war beunruhigend, absolut. Ich hätte das Bellen eines Hundes willkommen geheißen, einen Mann, der Holz sägt. Nichts. Stille. Hitze. Es war fünf Minuten vor drei.

Ich ging hinaus und folgte dem Weg, den ich von meinem Fenster aus sehen konnte. In der Nacht musste es heftig geregnet haben, denn der rote Lehm war sehr matschig. Ich kam an kümmerlichen Kaffeebäumen vorbei, dann an verwilderten Guaven. Beim Gehen dachte ich an das Gesicht meines Vaters und seine schmalen Lippen, an die runden, selbstgefälligen Augen meines Bruders. Sie wussten Bescheid. Und Richard, dieser Narr, wusste auch Bescheid. Und das Mädchen mit ihrem ausdruckslosen, lächelnden Gesicht. Sie alle wussten Bescheid.

Ich fing an, sehr schnell zu gehen, und blieb dann stehen, weil das Licht anders war. Ein grünes Licht. Ich hatte den Wald erreicht, und man kann den Wald nicht verkennen. Er ist feindselig. Der Weg war zugewachsen, aber es war möglich, ihm zu folgen. Ich ging weiter, ohne die hohen Bäume zu beiden Seiten zu beachten. Einmal stieg ich über einen umgestürzten Baumstamm hinweg, der vor weißen Ameisen wimmelte. Wie kann man die Wahrheit herausfinden, dachte ich, und dieser Gedanke führte mich nirgendwohin. Niemand würde mir die Wahrheit sagen. Nicht mein Vater, nicht Richard Mason, gewiss nicht das Mädchen, das ich geheiratet hatte. Ich blieb still stehen, so sicher, beobachtet zu werden, dass ich über die Schulter zurückblickte. Nichts als die Bäume und das grüne Licht unter den Bäumen. Ein Pfad war gerade eben sichtbar, und ich ging weiter, blickte von rechts nach links und manchmal hastig hinter mich. Deshalb stieß ich mit dem Fuß gegen einen Stein und wäre fast hingefallen. Der Stein, über den ich gestolpert war, war kein Felsbrocken, sondern Teil einer gepflasterten Straße. Es hatte eine gepflasterte Straße durch diesen Wald gegeben. Sie führte zu einer großen Lichtung. Hier stand die Ruine eines Steinhauses und rund um die Ruine wuchsen Rosensträucher, die eine unglaubliche Höhe erreicht hatten.

Hinter der Ruine erhob sich ein wilder Orangenbaum voller Früchte, die Blätter dunkelgrün. Ein wunderschöner Ort. Und ruhig – so ruhig, dass es töricht schien, zu denken oder zu planen. Was hatte ich nachzudenken und wie konnte ich planen? Unter dem Orangenbaum bemerkte ich kleine, mit Gras zusammengebundene Blumensträuße.

Ich weiß nicht, wie lange es dauerte, bis ich anfing zu frösteln. Das Licht hatte sich verändert, und die Schatten waren jetzt lang. Ich sollte lieber zurückgehen, bevor es dunkel wird, dachte ich. Dann sah ich ein kleines Mädchen, das einen großen Korb auf dem Kopf trug. Ich begegnete dem Blick der Kleinen, und zu meiner Überraschung schrie sie laut auf, warf die Arme hoch und rannte weg. Der Korb fiel herunter, ich rief ihr nach, aber sie schrie noch einmal und lief nur umso schneller. Dabei schluchzte sie, ein kleines, verängstigtes Geräusch. Dann verschwand sie. Ich kann nur ein paar Minuten vom Weg entfernt sein, dachte ich, aber nachdem ich lange gegangen war, wie es mir vorkam, merkte ich, dass Schlingpflanzen und Ranken an meinen Beinen zerrten und die Bäume sich über meinem Kopf schlossen. Ich beschloss, zur Lichtung zurückzugehen und es noch einmal zu versuchen, mit demselben Ergebnis. Es wurde dunkel. Es hatte keinen Sinn, mir selbst zu sagen, dass ich nicht weit vom Haus entfernt war. Ich hatte mich verirrt und fürchtete mich zwischen diesen feindlichen Bäumen, war mir der Gefahr so sicher, dass ich, als ich Schritte und Rufe hörte, nicht antwortete. Die Schritte und die Rufe kamen näher. Da erst rief ich zurück. Zuerst erkannte ich Baptiste nicht. Er trug eine blaue Baumwollhose, über die Knie hochgekrempelt, und einen breiten verzierten Gürtel um die schmale Taille. In der Hand hielt er eine Machete und das Licht blitzte auf der rasiermesserscharfen blauweißen Klinge auf. Er lächelte nicht, als er mich sah.

»Wir suchen lang nach Ihnen«, sagte er.

»Ich habe mich verirrt.«

Er grunzte als Antwort und ging vor, ging sehr schnell vor mir her und schlug jeden Zweig und jede Ranke, die uns im Weg waren, mit einem mühelosen Hieb seiner Machete ab.

»Früher gab es hier eine Straße«, sagte ich. »Wohin führte sie?«

»Keine Straße«, sagte er.

»Ich habe sie gesehen. Eine *pavé* Straße, wie die Franzosen sie auf den Inseln anlegten.«

»Keine Straße.«

»Wer lebte in dem Haus?«

»Ein Priester, heißt es. Père Lilièvre. Er hat vor langer Zeit dort gelebt.«

»Ein kleines Mädchen kam vorbei«, sagte ich. »Es schien große Angst zu haben, als es mich sah. Hat es mit dem Ort etwas auf sich?« Er zuckte mit den Schultern.

»Gibt es dort einen Geist, einen Zombie?«, ließ ich nicht locker.

»Ich weiß nichts über solche Tollheiten.«

»Irgendwann gab es hier eine Straße.«

»Keine Straße«, wiederholte er störrisch.

Es war fast dunkel, als wir auf den roten Lehmweg gelangten. Baptiste ging jetzt langsamer, drehte sich um und lächelte mich an. Es war, als hätte er seine Dienstbotenmaske über das wilde, vorwurfsvolle Gesicht gestülpt, das ich gesehen hatte.

»Du magst den Wald bei Nacht nicht?«

Er antwortete nicht, sondern deutete auf ein Licht und sagte: »Ich hab lang nach Ihnen gesucht. Miss Antoinette hatte Angst, Ihnen wär was passiert.«

Als wir das Haus erreichten, fühlte ich mich sehr erschöpft.

»Sie sehen aus, wie wenn Sie Fieber bekommen«, sagte er.

»Das hatte ich bereits.«

»Kann keiner sagen, wie oft man Fieber bekommt.«

Niemand war auf der Veranda, aus dem Haus war kein Laut zu hören. Wir standen auf dem Weg und sahen zum Haus auf, und er sagte: »Ich schick Ihnen das Mädchen, Herr.«

Hilda brachte mir einen großen Teller Suppe und etwas Obst. Ich probierte die Tür zu Antoinettes Zimmer. Sie war verriegelt, und es brannte kein Licht. Hilda kicherte. Ein nervöses Kichern.

Ich sagte ihr, ich wolle nichts essen, sie solle mir die Rumkaraffe und ein Glas bringen. Ich trank und griff dann nach dem Buch, das ich gelesen hatte, *Das glitzernde Diadem der Inseln* hieß es, und schlug das Kapitel »Obeah« auf.

»Ein Zombie ist eine tote Person, die lebendig scheint, oder eine lebende Person, die tot ist. Ein Zombie kann auch der üblicherweise bösartige Geist eines Ortes sein, der sich manchmal durch Opfer oder Opfergaben wie Blumen und Früchte besänftigen lässt.«

Ich dachte sofort an die Blumensträuße am verfallenen Haus des Priesters.

»›Sie rufen im Wind, der ihre Stimme ist, sie wüten im Meer, das ihr Zorn ist.‹«

»So wurde es mir berichtet, allerdings ist mir aufgefallen, dass sich die Neger in der Regel weigern, über die schwarze Magie zu sprechen, an die so viele glauben. Voodoo sagt man auf Haiti, Obeah auf einigen der Inseln, in Südamerika hat man wieder einen anderen Namen. Sie sorgen für Verwirrung, indem sie lügen, wenn man sie zu sehr bedrängt. Die manchmal leichtgläubigen Weißen tun das Ganze als Unsinn ab. Plötzliche und unerklärliche Todesfälle werden einem Gift zugeschrieben, das den Negern bekannt ist und nicht nachgewiesen werden kann. Des Weiteren kompliziert wird die Sache durch …«

Ich blickte nicht auf, obwohl ich ihn am Fenster sah, sondern ritt, ohne nachzudenken, weiter, bis ich zu den Felsen kam. Die Leute hier nennen sie *Mounes Mors,* die Toten. Preston scheute, es heißt, dass Pferde das immer tun. Dann strauchelte er so schlimm, dass ich abstieg und neben ihm herging, den Zügel über den Arm gehängt. Es wurde heiß, und ich war müde, als ich den Pfad zu Christophines Haus mit den zwei Zimmern erreichte, dessen Dach mit Schindeln gedeckt ist, nicht mit Stroh. Sie saß auf einer Kiste unter ihrem Mangobaum, rauchte eine Pfeife aus weißem Ton und rief: »Bist du es, Antoinette? Wieso kommst du so früh hier herauf?«

»Ich wollte dich einfach sehen«, sagte ich.

Sie half mir, Prestons Gurt zu lockern und führte ihn an einen Bach, der in der Nähe floss. Er trank, als sei er sehr durstig, schüttelte sich dann und schnaubte. Wasser spritzte aus seinen Nüstern. Wir ließen ihn grasen und gingen zurück zum Mangobaum. Sie setzte sich auf ihre Kiste und schob mir eine zweite Kiste zu, aber ich kniete mich dicht vor sie und berührte den schmalen silbernen Armreif, den sie immer trug.

»Du riechst wie immer«, sagte ich.

»Bist du den ganzen weiten Weg hierher gekommen, um mir das zu sagen?«, fragte sie. Ihre Kleider rochen nach sauberer Baumwolle, gestärkt und gebügelt. Auf Coulibri hatte ich sie oft knietief im Fluss stehen sehen, den langen Rock hochgesteckt, wie sie ihre

Kleider und ihre weißen Unterröcke wusch und dann auf den Steinen ausschlug. Manchmal waren auch andere Frauen da, die alle ihre Kleider immer wieder auf die Steine schlugen, ein fröhliches, geschäftiges Geräusch. Zum Schluss breiteten sie die nassen Kleider in der Sonne aus, wischten sich den Schweiß von der Stirn und fingen an, zu lachen und zu reden. Außerdem roch sie auch so, wie sie alle riechen, so warm und tröstlich für mich (aber er mag diesen Geruch nicht). Der Himmel war dunkelblau durch die dunkelgrünen Mangoblätter, und ich dachte: »Das hier ist mein Zuhause, hier gehöre ich hin und hier möchte ich bleiben.« Dann dachte ich: »Was für ein schöner Baum, aber es ist hier zu hoch für Mangos, wahrscheinlich wird er nie Früchte tragen«, und ich dachte daran, wie ich allein in meinem Bett mit der weichen Kapokmatratze und den feinen Laken gelegen und gelauscht hatte. Schließlich sagte ich: »Christophine, er liebt mich nicht, ich glaube, er hasst mich. Er schläft jetzt immer in seinem Ankleidezimmer, und die Dienstboten wissen es. Wenn ich ärgerlich werde, sieht er mich verächtlich an und verstummt, manchmal spricht er stundenlang nicht mit mir, und ich halte es nicht länger aus, ich halte es nicht länger aus. Was soll ich nur tun? Am Anfang war er nicht so«, sagte ich.

Rosa und roter Hibiskus wuchs vor ihrer Tür, sie zündete ihre Pfeife erneut an und gab mir keine Antwort.

»Antworte mir«, sagte ich. Sie stieß eine Rauchwolke aus.

»Du fragst mich was Schweres, ich antworte dir was Schweres. Pack deine Sachen und geh.«

»Gehen? Wohin? An irgendeinen fremden Ort, wo ich ihn nie sehen werde? Nein, das mache ich nicht, weil dann alle, nicht nur die Dienstboten, über mich lachen werden.«

»Wenn du gehst, lachen sie nich über dich, sondern über ihn.«

»Ich mache es nicht.«

»Warum fragst du mich, wenn du nein sagst, wenn ich dir antworte? Warum kommst du hierher, wenn du nein sagst, wenn ich dir die Wahrheit sag?«

»Es muss etwas anderes geben, was ich tun kann.«

Sie machte ein finsteres Gesicht. »Wenn ein Mann dich nich liebt, hasst er dich nur umso mehr, je mehr du dich bemühst, Männer sind so. Wenn du sie liebst, behandeln sie dich schlecht, wenn du sie nich liebst, sind sie Tag und Nacht hinter dir her und plagen dir die Seele aus dem Leib. Ich hab schon von dir und deinem Mann gehört«, setzte sie hinzu.

»Ich kann nicht gehen. Schließlich ist er mein Mann.«

Sie spuckte über ihre Schulter. »Alle Frauen, egal, welche Farbe sie haben, alles Närrinnen. Drei Kinder hab ich. Eins lebt noch auf dieser Welt, jedes von einem anderen Vater, aber kein Ehemann, wofür ich meinem

Gott danke. Ich hab mein Geld schön für mich behalten. Ich hab's keinem nichtsnutzigen Mann gegeben.«

»Wann muss ich gehen? Wohin?«

»Hör sich einer das an! Ein reiches weißes Mädchen wie du und dümmer wie der ganze Rest. Ein Mann behandelt dich nich gut? Raff deine Röcke und geh. Tu es, und er kommt dir hinterher.«

»Er wird mir nicht hinterher kommen. Und außerdem bin ich nicht mehr reich, ich habe überhaupt kein eigenes Geld mehr, alles, was ich hatte, gehört ihm.«

»Was sagst du da?«, fragte sie mit scharfer Stimme.

»So will es das englische Gesetz.«

»Gesetz! Das hat doch der junge Mason eingefädelt, dieser Junge is schlimmer wie der Satan und eines schönen Abends wird er dafür in der Hölle brennen. Hör mir jetzt gut zu, dann sag ich dir, was du tun sollst. Sag deinem Mann, du fühlst dich krank und willst deine Cousine in Martinique besuchen. Bitte ihn nett, dir was von deinem eigenen Geld zu geben, er wird es tun, er hat kein schlechtes Herz. Wenn du weg bist, bleib weg. Sag, du brauchst mehr Geld. Er wird dir wieder was geben und hübsch zufrieden sein. Zum Schluss kommt er, um zu sehen, was du machst und wie du ohne ihn zurechtkommst, und wenn er dich rund und glücklich sieht, will er dich zurückhaben. Männer sind so. Bleib nich in diesem alten Haus. Ich sag dir, geh weg aus diesem Haus.«

»Du denkst wirklich, ich muss ihn verlassen?«

»Du fragst mich, also antworte ich.«

»Ja«, sagte ich. »Vielleicht könnte ich es tun, aber was soll ich in Martinique? Ich möchte England sehen, vielleicht könnte ich mir dafür Geld borgen. Nicht von ihm, aber ich weiß, wie ich es bekommen könnte. Wenn ich gehe, muss ich weit weg gehen.«

Ich bin zu unglücklich gewesen, dachte ich, es kann nicht damit weitergehen, so unglücklich zu sein, es bringt einen um. Ich werde ein anderer Mensch sein, wenn ich in England lebe, und andere Dinge werden geschehen … England, rosarot auf der Landkarte im Erdkundebuch, aber auf der Seite gegenüber sind die Worte dicht gedrängt und sehen bedeutungsvoll aus. Exporte, Kohle, Eisen, Wolle. Dann Importe und Charaktereigenschaften der Einwohner. Namen, Essex, Chelmsford on the Chelmer. Die »Wolds« von Yorkshire und Lincolnshire. Wolds? Bedeutet das Hügel? Wie hoch? Halb so hoch wie unsere, oder nicht einmal halb so hoch? Kühlgrüne Blätter im kurzen, kühlen Sommer. Sommer. Es gibt Getreidefelder wie Zuckerrohrfelder, aber golden in der Farbe und nicht so hoch. Nach dem Sommer werden die Bäume kahl, dann Winter und Schnee. Fallende weiße Federn? Fallende Papierschnipsel? Es heißt, der Frost malt Blumenmuster auf die Fensterscheiben. Ich muss mehr in Erfahrung bringen, als ich jetzt weiß. Denn ich kenne das Haus, in dem ich frieren und mich nicht heimisch fühlen werde, das Bett, in dem ich liegen werde, hat rote Vorhänge und ich habe dort viele Male geschlafen, vor langer Zeit. Vor wie langer Zeit? In diesem Bett werde ich das Ende meines Traums träumen. Aber mein Traum hatte nichts mit England zu tun, und ich darf nicht so denken, ich muss an Kronleuchter und Bälle denken, an Schwäne und Rosen und Schnee. Und Schnee.

»England«, sagte Christophine, die mich beobachtete. »Du denkst, es gibt diesen Ort?«

»Wie kannst du das bloß fragen? Du weißt, dass es ihn gibt.«

»Ich hab dieses verflixte England nie gesehen, woher soll ich es da wissen?«

»Du glaubst nicht, dass es ein Land namens England gibt?«

Sie blinzelte und antwortete schnell: »Ich sag nich, dass ich es nich *glaub*, ich sag, ich *weiß* es nich. Ich weiß, was ich mit meinen eigenen Augen seh, und dieses England hab ich nie gesehen. Außerdem frag ich mich, is es so, wie sie immer sagen? Die einen sagen das eine, die anderen was anderes. Ich höre, es is so kalt, dass einem die Knochen einfrieren, und sie klauen einem das Geld, die schlauen Teufel. Du hast Geld in der Tasche, du guckst dich einmal um und Peng! Kein Geld mehr. Was willst du an so einem kalten diebischen Ort? Wenn es ihn überhaupt gibt, hab ich ihn noch nie gesehen, das is jedenfalls sicher.«

Ich sah sie an und dachte: »Wie kann sie wissen, was für mich das Beste ist, diese unwissende, verbohrte alte

Negerfrau, die nicht mal sicher ist, dass es einen Ort wie England gibt?« Sie klopfte ihre Pfeife aus und erwiderte meinen Blick, ihre Augen waren völlig ausdruckslos.

»Christophine«, sagte ich. »Vielleicht tue ich, was du mir rätst. Aber nicht gleich.« (Jetzt, dachte ich, muss ich sagen, weswegen ich gekommen bin.) »Du hast gewusst, was ich will, sobald du mich gesehen hast, und auf jeden Fall weißt du es jetzt. Nicht wahr?« Ich hörte, dass meine Stimme hoch und dünn wurde.

»Still«, sagte sie. »Wenn der Mann dich nich liebt, kann ich ihn nich dazu bringen.«

»Doch, du kannst. Ich weiß, dass du es kannst. Das ist es, was ich möchte, deswegen bin ich hier. Du kannst Leute dazu bringen, zu lieben oder zu hassen. Oder … oder zu sterben«, sagte ich.

Sie warf den Kopf zurück und lachte laut. (Sie lacht nie laut, wieso lacht sie jetzt?)

»Du glaubst doch nich wirklich an diese Märchengeschichten über Obeah, die du gehört hast, wie du noch klein warst? An all diesen Unsinn und Humbug. Außerdem is das alles nichts für *béké.* Böser, böser Ärger passiert, wenn sich *béké* damit abgeben.«

»Du musst«, sagte ich. »Du musst.«

»Still jetzt. Mein Sohn Jo-jo kommt gleich, und wenn er dich weinen sieht, erzählt er es überall rum.«

»Ich bin ja still, ich werde nicht weinen. Aber Christophine, wenn er, mein Mann, nur eine Nacht zu mir käme. Nur einziges Mal. Ich würde ihn dazu bringen, mich zu lieben.«

»Nein, *doudou*. Nein.«

»Doch, Christophine.«

»Du redest dummes Zeug. Auch wenn ich ihn dazu bringen könnt, in dein Bett zu kommen, kann ich ihn nich dazu bringen, dich zu lieben. Hinterher wird er dich hassen.«

»Nein. Und außerdem wäre es mir egal. Er hasst mich jetzt schon. Ich höre ihn jede Nacht auf der Veranda auf und ab gehen. Auf und ab. Wenn er an meiner Tür vorbeikommt, sagt er: ›Gute Nacht, Bertha.‹ Er nennt mich nie mehr Antoinette. Er hat erfahren, dass meine Mutter so hieß. ›Schlaf gut, Bertha‹ – es könnte nicht schlimmer sein«, sagte ich. »Wenn er diese eine Nacht käme, könnte ich hinterher vielleicht schlafen. Ich schlafe jetzt so schlecht. Und ich träume.«

»Nein, ich lass mich nich für dich auf so was ein.«

Da schlug ich mit der Faust auf einen Stein und zwang mich, ganz ruhig zu sprechen.

»Wegzugehen, nach Martinique oder nach England oder sonst wohin, das ist die Lüge. Er würde mir nie Geld geben, um wegzugehen, und er wäre wütend, wenn ich ihn fragte. Es gäbe nämlich einen Skandal, wenn ich ihn verließe, und er hasst Skandale. Und selbst wenn ich wegkäme (und wie?), würde er mich zurückholen. Richard auch. Und alle anderen. Von ihm wegzulaufen, von dieser Insel, das ist die Lüge. Welchen

Grund könnte ich dafür angeben, und wer würde mir glauben?«

Als Christophine daraufhin den Kopf senkte, sah sie alt aus, und ich dachte: »Ach, Christophine, werd nicht alt. Du bist die einzige Freundin, die ich habe. Geh nicht von mir fort ins Altsein.«

»Eins is sicher, dein Mann liebt Geld«, sagte sie. »Das is keine Lüge. Geld hat für jeden ein hübsches Gesicht, aber für diesen Mann is Geld hübscher wie hübsch, er sieht nichts andres.«

»Dann hilf mir.«

»Hör zu, *doudou ché*. Viele Leute sagen Schlimmes über dich und deine Mutter. Das weiß ich. Ich weiß, wer redet und was sie sagen. Dein Mann is kein schlechter Mann, auch wenn er Geld liebt, aber er hört so viele Geschichten, dass er nich weiß, was er glauben soll. Deshalb bleibt er dir fern. Ich trau keinem von denen, die um dich sind. Nich hier, nich in Jamaika.«

»Auch nicht Tante Cora?«

»Dein Tantchen is jetzt alt, sie dreht das Gesicht zur Wand.«

»*Woher weißt du das*?«, fragte ich. Denn genau das war passiert.

Als ich an ihrem Zimmer vorbeikam, hörte ich sie mit Richard streiten und wusste, dass es um meine Hochzeit ging. »Es ist eine Schande«, sagte sie. »Du solltest dich was schämen. Du übergibst einem absolut Fremden alles, was das Kind hat. Dein Vater hätte das nie zugelassen. Sie müsste gesetzlich geschützt werden. Eine Vereinbarung kann und sollte getroffen werden. Das war seine Absicht.«

»Du sprichst von einem Ehrenmann, nicht von einem Schurken«, sagte Richard. »Ich bin nicht in der Position, Bedingungen zu stellen, wie du sehr wohl weißt. Alles in allem kann sie sich verdammt glücklich schätzen, ihn zu kriegen. Wieso sollte ich auf einer anwaltlichen Regelung bestehen, wenn ich ihm vertraue? Ich würde ihm mein Leben anvertrauen«, setzte er mit bewegter Stimme hinzu.

»Aber du vertraust ihm *ihr* Leben an, nicht deins«, sagte Tante Cora.

Er sagte, sie sei eine alte Närrin und solle verdammt noch mal Ruhe geben, und knallte die Tür zu, als er ging. So wütend, dass er nicht merkte, dass ich im Flur stand. Tante Cora saß aufrecht im Bett, als ich ihr Zimmer betrat. »Ein Schwachkopf, dieser Junge. Oder zumindest gibt er vor, einer zu sein. Was ich von diesem englischen Gentleman gesehen habe, gefällt mir einfach nicht. Steif. Hart wie Stein. Und ein ausgemachter Dummkopf, meiner Meinung nach, außer wenn es um *seine* Interessen geht.«

Sie war sehr blass und zitterte am ganzen Leib, also reichte ich ihr das Riechsalz, das auf dem Frisiertisch stand. Es war in einem roten Glasfläschchen mit goldenem Verschluss. Sie hob das Fläschchen an ihre Nase, aber ihre Hand sackte nach unten, als sei sie zu müde, um sie ruhig zu halten. Dann wandte sie den Blick vom Fenster ab, vom Himmel, vom Spiegel, den hübschen Dingen auf dem Frisiertisch. Das rotgoldene Fläschchen glitt aus ihrer Hand und fiel zu Boden. Sie drehte das Gesicht zur Wand. »Der Herr hat uns verlassen«, sagte sie und schloss die Augen. Danach sagte sie nichts mehr, und nach einer Weile dachte ich, sie sei eingeschlafen. Sie war zu krank, um zu meiner Hochzeit zu kommen, und hinterher ging ich zu ihr, um mich zu verabschieden. Ich war aufgeregt und glücklich, weil meine Flitterwochen anfingen. Ich küsste sie, und sie gab mir einen kleinen Seidenbeutel. »Meine Ringe. Zwei sind wertvoll. Zeig sie ihm nicht. Versteck sie. Versprich es mir.«

Ich versprach es, aber als ich den Beutel öffnete, war einer der Ringe nur aus schlichtem Gold. Gestern überlegte ich, ob ich einen der anderen verkaufen sollte, aber wer hier würde kaufen, was ich zu verkaufen habe? …

Christophine sagte: »Dein Tantchen is zu alt und krank, und der junge Mason zu nichts nutze. Sei mutig und tritt für dich selbst ein. Sprich mit deinem Mann, ganz ruhig und beherrscht, erzähl ihm von deiner Mutter und von allem, was auf Coulibri passiert is, und wieso sie krank geworden is und was die ihr angetan haben. Schrei nich und zieh keine verrückten Grimassen. Und wein nich. Weinen hat bei ihm keinen Sinn. Sprich liebenswürdig und sorg dafür, dass er versteht.«

»Das habe ich versucht«, sagte ich. »Aber er glaubt mir nicht. Und jetzt ist es zu spät dafür« (es ist immer zu spät für die Wahrheit, dachte ich). »Ich werde es noch einmal versuchen, wenn du tust, worum ich dich bitte. Ach Christophine, ich habe solche Angst«, sagte ich. »Ich weiß nicht, wieso, aber ich habe solche Angst. Die ganze Zeit. Hilf mir.«

Sie sagte etwas, was ich nicht verstand. Dann nahm sie einen spitzen Stock und zog Linien und Kreise in die Erde unter dem Baum, dann wischte sie sie mit dem Fuß wieder weg.

»Wenn du mit ihm redest, tue ich, worum du mich bittest.«

»Jetzt?«

»Ja«, sagte sie. »Sieh mich an. Sieh mir in die Augen.«

Mir war schwindlig, als ich aufstand, und sie ging vor sich hin murmelnd ins Haus und kam mit einer Tasse Kaffee zurück.

»Is ein guter Schuss weißer Rum drin«, sagte sie. »Dein Gesicht is wie das von ner Toten, und deine Augen sind rot wie die von nem *soucriant*. Sei ganz ruhig – schau, da kommt Jo-jo, er erzählt alles weiter, was er hört. Der Junge is wie ne lecke Kalebasse.«

Als ich den Kaffee getrunken hatte, fing ich an zu lachen. »Ich war so unglücklich wegen nichts, nichts«, sagte ich.

Ihr Sohn balancierte einen großen Korb auf dem Kopf. Ich betrachtete seine kräftigen braunen Beine, die so mühelos den Pfad entlanggeschlenkert kamen. Er wirkte überrascht und neugierig, als er mich sah, erkundigte sich aber höflich auf Patois nach meinem Befinden, und ob der Herr bei guter Gesundheit sei?

»Danke, Jo-jo. Wir sind beide wohlauf.«

Christophine half ihm mit dem Korb, dann holte sie die Flasche mit dem weißem Rum und schenkte ihm ein halbes Wasserglas voll ein. Er leerte es auf einen Zug. Anschließend füllte sie das Glas mit Wasser, und er trank es hinterher, wie es bei ihnen Brauch ist.

Auf Englisch sagte sie: »Die Herrin will grade gehen, ihr Pferd steht da hinten. Sattle es.«

Ich folgte ihr ins Haus. Im vorderen Zimmer gab es einen Holztisch, eine Bank und zwei kaputte Stühle. Ihr Schlafzimmer war groß und dunkel. Sie hatte immer noch ihre bunte Patchworkdecke, den Palmwedel vom Palmsonntag und den Bilderrahmen mit dem Gebet um eine gute Sterbestunde. Aber als ich einen Haufen Hühnerfedern in einer Ecke entdeckte, sah ich mich nicht weiter um.

»Haste schon Angst?«, spöttelte sie. Und als ich ihren Gesichtsausdruck sah, zog ich den Geldbeutel aus meiner Tasche und warf ihn aufs Bett.

»Du brauchst mir kein Geld zu geben. Ich mach diesen Unsinn nur, weil du mich bittest – nich für Geld.«

»Ist es denn Unsinn?«, fragte ich flüsternd, und sie lachte erneut, aber leise.

»Wenn *béké* sagt, es is Unsinn, is es Unsinn. *Béké* sind klug wie der Teufel. Klüger wie Gott. Is doch so, oder? Jetzt hör zu, und ich sag dir, was du tun musst.«

Als wir ins Sonnenlicht hinaustraten, stand Jo-jo mit Preston an einem großen Stein. Ich stellte mich darauf und saß auf.

»Wiedersehen, Christophine, Wiedersehen, Jo-jo.«

»Wiedersehen, Herrin.«

»Du kommst mich sehr bald besuchen, Christophine?«

»Ja, mach ich.«

Am Ende des Pfads sah ich zurück. Sie sprach mit Jo-jo, und er wirkte neugierig und amüsiert. In der Nähe krähte ein Hahn und ich dachte: »Das steht für Verrat, aber wer ist der Verräter?« Christophine wollte das hier nicht tun. Ich habe sie mit meinem hässlichen Geld dazu gezwungen. Und was wissen wir schon über Verräter, oder warum Judas tat, was er tat?

Ich kann mich an jede Sekunde dieses Morgens erinnern; wenn ich die Augen schließe, sehe ich die tiefblaue Farbe des Himmels und die Mangoblätter, den rosa und den roten Hibiskus, das gelbe Tuch, das sie um den Kopf trug, nach der Art Martiniques gebunden, mit den Zipfeln vorne, aber jetzt sehe ich alles regungslos, für immer fixiert, wie die Farben in einem Buntglasfenster. Nur die Wolken bewegen sich. Es war in ein Blatt eingeschlagen, was sie mir gegeben hatte, und ich spürte es kühl und glatt auf meiner Haut.

*

»Die Herrin macht einen Besuch«, sagte Baptiste, als er mir an diesem Morgen den Kaffee brachte. »Sie kommt heut Abend oder morgen zurück. Sie hat sich plötzlich entschlossen und is weg.«

Am Nachmittag brachte Amélie mir einen zweiten Brief von Daniel Cosway.

»Warum antworten Sie mir nicht? Glauben Sie mir nicht? Dann fragen Sie sonst jemand – jeder in Spanish Town weiß Bescheid. Was glauben Sie, warum man Sie an diesen Ort gebracht hat? Wollen Sie, dass ich in Ihr Haus komme und vor allen Ihre Angelegenheiten rausposaune? Entweder Sie kommen zu mir, oder ich –«

An diesem Punkt hörte ich auf zu lesen. Die kleine Hilda kam ins Zimmer, und ich fragte: »Ist Amélie da?«

»Ja, Herr.«

»Sag ihr, ich möchte sie sprechen.«

»Ja, Herr.«

Sie schlug die Hand vor den Mund, wie um ein Lachen zu ersticken, aber ihre Augen, die schwärzesten, die ich je gesehen hatte, so schwarz, dass es unmöglich war, die Pupillen von der Iris zu unterscheiden, blickten erschrocken und verwirrt.

Ich saß mit dem Rücken zum Meer auf der Veranda, und es war, als hätte ich das mein ganzes Leben lang getan. Ich konnte mir kein anderes Wetter und keinen anderen Himmel vorstellen. Ich kannte die Form der Berge so gut, wie ich die Form der beiden braunen Krüge mit den weißen, süß duftenden Blumen auf dem Holztisch kannte. Ich wusste, dass das Mädchen ein weißes Kleid tragen würde. Braun und weiß würde sie aussehen, ihre Locken, ihre Weißes-Mädchen-Haare, wie sie es ausdrückte, halb von einem roten Tuch verdeckt, ihre Füße nackt. Es würde den Himmel und die Berge geben, die Blumen und das Mädchen und das Gefühl, alles sei ein Albtraum, die schwache, tröstliche Hoffnung, ich würde vielleicht aufwachen.

Sie lehnte sich leicht an den Verandapfosten, unbekümmert anmutig, gerade respektvoll genug, und wartete.

»Wurde dieser Brief dir übergeben?«, fragte ich.

»Nein, Herr. Hilda hat ihn genommen.«

»Und ist dieser Mann, der ihn geschrieben hat, ein Freund von dir.«

»Nein, kein Freund«, sagte sie.

»Aber er kennt dich – behauptet er wenigstens.«

»Oh, ja, ich kenn Daniel.«

»Sehr gut. Würdest du ihm sagen, dass seine Briefe mir zuwider sind und er zu seinem eigenen Besten keine mehr schreiben soll. Wenn er noch einen Brief bringt, gib ihn ihm zurück. Hast du verstanden?«

»Ja, Herr.«

Immer noch an den Pfosten gelehnt, lächelte sie mich

an, und ich hatte das Gefühl, ihr Lächeln würde sich jeden Augenblick in lautes Lachen verwandeln. Um das zu verhindern, setzte ich hinzu: »Wieso schreibt er mir?«

Unschuldig antwortete sie: »Sagt er das denn nich? Er schreibt Ihnen zwei Briefe und sagt nich, warum er schreibt? Wenn Sie es nich wissen, weiß ich es auch nich.«

»Aber du kennst ihn?«, fragte ich. »Heißt er Cosway?«

»Manche sagen ja, andere nein. Jedenfalls nennt er sich so.«

Nachdenklich fügte sie hinzu, Daniel wär was Besseres, einer, der immer in der Bibel las und wie die Weißen lebte. Ich versuchte herauszufinden, was sie damit meinte, und sie erklärte, er habe ein Haus wie die Weißen, mit einem Zimmer, nur um drin zu sitzen. Und zwei Bilder an der Wand, von seinem Vater und seiner Mutter.

»Weiße?«

»Oh, nein, Farbige.«

»Aber in seinem ersten Brief hat er gesagt, sein Vater sei ein Weißer.«

Sie zuckte mit den Schultern. »Das alles is zu lang her für mich.« Ihre Verachtung für dieses Lange-Her war nicht zu verkennen. »Ich sag ihm, was Sie gesagt haben, Herr.« Dann fügte sie hinzu: »Aber wieso gehen Sie nich selber zu ihm? Das wär viel besser. Daniel is ein schlechter Mensch, und er wird herkommen und Ärger machen. Es wär besser, er kommt nich. Die Leute sagen, er war mal Prediger auf Barbados, und er redet wie ein Prediger, und er hat einen Bruder in Jamaika, in Spanish Town, einen Mr Alexander, der sehr wohlhabend is. Drei Rumläden und zwei Stoffgeschäfte.« Sie warf mir einen Blick so scharf wie ein Messer zu. »Ich hab mal gehört, Miss Antoinette und sein Sohn Mr Sandi wollten heiraten, aber das is natürlich nur dummes Gerede. Ein weißes Mädchen mit viel Geld, so wie Miss Antoinette, die würd sich nich mit nem Farbigen verheiraten, auch wenn er nich farbig aussieht. Fragen Sie Miss Antoinette, die kann's Ihnen genau sagen.«

Wie Hilda schlug sie die Hand vor den Mund, als könne sie sich ein Lachen kaum verkneifen, und ging.

Dann drehte sie sich noch einmal um und sagte mit sehr leiser Stimme: »Sie tun mir leid.«

»Was hast du gesagt?«

»Nichts, Herr.«

Ein großer Tisch mit einem roten Fransentischtuch ließ das kleine Zimmer noch heißer wirken; das einzige Fenster war geschlossen.

»Ich hab Ihren Stuhl neben die Tür gerückt«, sagte Daniel. »Ein Luftzug kommt untendrunter durch.« Aber es gab keinen Luftzug, keinen einzigen Lufthauch, das Haus lag tiefer am Berg, fast auf Meereshöhe.

»Wie ich gehört hab, Sie kommen, hab ich einen gehörigen Schluck Rum getrunken, und dann ein Glas Wasser, um mich abzukühlen, aber es hat mich nich abgekühlt, es is mir in Tränen und Wehklagen aus den Augen gelaufen. Warum haben Sie mir keine Antwort gegeben, wie ich Ihnen das erste Mal geschrieben hab?« Er redete weiter, den Blick auf einen gerahmten Spruch gerichtet, der an der schmutzigweißen Wand hing: »Die Rache ist mein.«

»Du hast zu lang gebraucht, Herr«, sagte er zu dem Spruch. »Ich hab ein bisschen nachgeholfen.« Dann trocknete er sich das hagere gelbe Gesicht und schnäuzte sich in eine Ecke des Tischtuchs.

»Ich werd Daniel genannt«, sagte er, immer noch ohne mich anzusehen, »aber ich heiß Esau. Von dem verdammten Teufel, meinem Vater, hab ich nie was anderes zu hören gekriegt wie Flüche und Mach-dass-du-rauskommst. Mein Vater is der alte Cosway mit seiner weißen Marmortafel in der englischen Kirche in Spanish Town, wo alle sie sehen können. Es is ein Wappen drauf, und ein lateinischer Spruch, und Worte in großen schwarzen Buchstaben. Noch nie hab ich solche Lügen gesehen und hoff, der Stein hängt sich an seinen Hals und zieht ihn runter in die Hölle. ›Gottesfürchtig‹, haben sie draufgeschrieben. ›Geliebt von allen.‹ Kein Wort von den Leuten, die er gekauft und verkauft hat wie Vieh. ›Barmherzig zu den Schwachen‹, haben sie draufgeschrieben. Barmherzig! Der Mann hat ein Herz aus Stein. Manchmal, wenn er eine Frau über hat, was schnell geht, gibt er sie frei, so wie meine Mutter, er hat ihr sogar ne Hütte und ein Stückchen Land gegeben (einen Garten, sagen manche dazu), aber nich aus Barmherzigkeit, aus sündhaftem Stolz hat er's gemacht. Nie hab ich einen Mann zu Gesicht bekommen, der so hochfahrend und stolz war wie er – is rumgegangen, wie wenn ihm die ganze Welt gehört. ›Ist mir gleich‹, sagt er. Er soll warten … Ich seh diese Tafel immer noch vor mir, weil ich oft hingegangen bin und sie mir angeguckt hab. Ich weiß die Lügen auswendig, die drauf geschrieben sind – und keiner steht auf und sagt: Wieso schreibt ihr Lügen in der Kirche? … Ich erzähl Ihnen das, damit Sie wissen, mit was für Leuten Sie es zu tun haben. Das Herz kennt seine eigene Bitterkeit, aber sie die ganze Zeit eingesperrt zu halten, das is schwer. Ich erinner mich wie gestern an den Morgen, wo er mich verflucht hat. Sechzehn war ich und mir war bang zumute. Ich bin ganz früh losgegangen, den ganzen Weg nach Coulibri zu Fuß, fünf, sechs Stunden hat's gedauert. Er hat sich nich geweigert, mich zu sehen, sondern hat mich ganz kühl und ruhig empfangen, und als Erstes sagt er zu mir, dass ich immer nur Geld von ihm will. Nur weil ich ab und zu um Hilfe bitte, damit ich mir Schuhe oder was kaufen kann. Und nich barfuß laufen muss wie ein Nigger. Weil ich keiner bin. Er guckt mich an, wie wenn ich Dreck wär, und ich werd auch wütend. ›Ich hab auch Rechte‹, sag ich zu ihm, und wissen Sie, was er macht? Er lacht mir ins Gesicht. Wie er mit Lachen fertig is, sagt er Wie-heißt-du-noch-mal? zu mir. ›Ich kann mich nicht an all die Namen erinnern – das wäre nun wirklich zu viel verlangt‹, sagt er, wie zu sich selber. Sehr alt hat er im hellen Sonnenschein an diesem Morgen ausgesehen. ›Du selber hast mich Daniel genannt‹, sag ich zu ihm. ›Und anders wie meine Mutter bin ich kein Sklave.‹

›Deine Mutter war die durchtriebenste Person, die man sich nur vorstellen kann‹, sagt er, ›und ich bin kein Dummkopf. Doch die Frau ist tot, und dabei will ich es belassen. Aber wenn auch nur ein Tropfen von meinem Blut in deinem dürren Gerippe fließt, fresse ich meinen Hut.‹ Inzwischen is mein eigenes Blut am Kochen, sag ich Ihnen, und ich schrei zurück: ›Dann friss ihn. Friss ihn. Viel Zeit hast du nich mehr. Auch nich, um deine neue Frau zu küssen und zu lieben. Sie is zu jung für dich.‹ ›Großer Gott‹, sagt er, und sein Gesicht wird erst rot und dann irgendwie grau. Er versucht aufzustehen, fällt aber auf den Stuhl zurück. Er hat ein großes silbernes Tintenfass auf seinem Schreibtisch stehen, und das wirft er nach meinem Kopf und verflucht mich, aber ich duck mich, und das Tintenfass trifft die Tür. Ich muss lachen, mach mich aber flink davon. Und er schickt mir Geld – kein Wort, nur das Geld. Damals hab ich ihn zum letzten Mal gesehen.«

Daniel holte tief Luft, fuhr sich noch einmal über das Gesicht und bot mir von dem Rum an. Als ich ihm dankte und den Kopf schüttelte, schenkte er sich selbst ein halbes Glas ein und trank.

»Alles so lang her«, sagte er.

»Wieso wolltest du mich sehen, Daniel?«

Der letzte Drink schien ihn nüchtern gemacht zu haben. Er sah mich direkt an und sprach natürlicher.

»Ich bin so beharrlich, weil ich dies zu sagen hab. Wenn Sie fragen, ob das, was ich Ihnen erzähl, auch wahr is, fragen Sie, obwohl Sie mich nich leiden können, das seh ich; aber Sie wissen sehr gut, dass mein Brief nich gelogen is. Passen Sie auf, mit wem Sie reden. Viele Leute sagen gern Dinge hinter Ihrem Rücken, von Angesicht zu Angesicht haben sie Angst oder wollen nich in irgendwas verwickelt werden. Der Magistrat zum Beispiel, der weiß ne Menge, aber seine Frau steht sich gut mit den Masons und hindert ihn, was zu sagen, wenn sie kann. Dann is da noch mein Halbbruder Alexander, farbig wie ich, aber kein Pechvogel wie ich, der würd Ihnen alle möglichen Lügen erzählen. Er war der Liebling vom Alten und hat es von Anfang an zu was gebracht. Ja, Alexander is jetzt ein reicher Mann, aber er redet nich drüber. Und weil er reich is, hat er zwei Gesichter und sagt kein Wort gegen weiße Leute. Und dann is da noch diese Frau in Ihrem Haus, Christophine. Die is die Schlimmste. Sie is weg aus Jamaika, weil sie ins Gefängnis musste: Haben Sie das gewusst?«

»Wieso musste sie ins Gefängnis? Was hat sie getan?«

Seine Augen huschten zur Seite. »Ich hab ja gesagt,

ich bin aus Spanish Town weg und weiß nich, was alles passiert is. Es war jedenfalls was sehr Schlimmes. Sie is ne Obeah-Frau und is erwischt worden. Ich glaub ja nich an diesen ganzen Teufelskram, aber viele tun's. Diese Christophine is jedenfalls schlecht und belügt Sie noch schlimmer wie Ihre Frau. Ihre Frau, die redet schön und lügt dabei.«

Die schwarzgoldene Uhr auf einem Bord schlug vier.

Ich muss gehen. Ich muss weg von diesem verschwitzten gelben Gesicht, weg aus diesem widerwärtigen kleinen Zimmer. Ich saß still, stumm, starrte ihn an.

»Sie mögen meine Uhr?«, fragte Daniel. »Ich hab hart gearbeitet, um sie zu kaufen. Um mir selbst ne Freude zu machen. Ich muss es keiner Frau recht machen. Kein ›Kauf mir dies‹ und ›Kauf mir das‹ – Teufelsbrut, alle miteinander, is meine Meinung. Der Alexander, der kann die Finger nich von ihnen lassen, und am Schluss heiratet er ein sehr hellhäutiges Mädchen, aus sehr ehrbarer Familie. Und sein Sohn Sandi is wie ein Weißer, bloß sieht er besser aus wie jeder weiße Mann, und is bei vielen Weißen willkommen, heißt es. Ihre Frau kennt den Sandi seit sehr langer Zeit. Fragen Sie sie, sie wird's Ihnen sagen. Aber nich alles, könnt ich mir denken.« Er lachte. »Oh, nein, nich alles. Ich seh die beiden, wenn sie denken, dass keiner sie sieht. Ich seh Ihre Frau, wie sie … Sie wollen gehen?« Er huschte zur Tür.

»Nein, Sie gehen nich, bevor ich Ihnen nich das

Letzte erzählt hab. Sie wollen, dass ich den Mund halte über das, was ich weiß. Sie hat was mit Sandi angefangen. Alle haben Sie mit diesem Mädchen schön zum Narren gehalten. Sie guckt einem offen in die Augen und redet schön daher – und es sind Lügen, was sie erzählt. Lügen. Ihre Mutter war auch so. Es heißt, sie is noch schlimmer wie ihre Mutter, und dabei is sie fast noch ein Kind. Sie müssen taub sein, dass Sie nich gehört haben, wie die Leute gelacht haben, wie Sie sie geheiratet haben. Verschwenden Sie Ihren Zorn nich an mich, Sir. Nich ich halt Sie zum Narren, ich will Ihnen nur die Augen öffnen ... Ein groß gewachsener, eleganter englischer Gentleman wie Sie, der wird doch wohl keine gelbe Ratte wie mich anfassen, oder? Außerdem versteh ich Sie gut. Sie glauben mir, aber Sie wollen alles unter der Hand abmachen, wie's den Engländern am liebsten is. Soll mir recht sein. Aber wenn ich den Mund halten soll, sind Sie mir was schuldig, würd ich meinen. Was sind denn schon fünfhundert Pfund für einen wie Sie? Für mich sind sie mein Leben.«

Abscheu stieg in mir hoch wie Übelkeit. Abscheu und Wut.

»Na gut«, schrie er und gab die Tür frei. »Gehen Sie ... verschwinden Sie. Jetzt sag ich's. Raus! Raus! Aber wenn ich mein Geld nich krieg, werden Sie sehen, zu was ich fähig bin.«

»Schöne Grüße an Ihre Frau – meine Schwester«, rief er mir hasserfüllt hinterher. »Sie sind nich der Erste, der ihr hübsches Gesicht küsst. Hübsches Gesicht, zarte Haut, hübsche Farbe – nich gelb wie ich. Aber trotzdem meine Schwester ...«

Am Ende des Pfads, außer Sicht- und Hörweite des Hauses, blieb ich stehen. Die Welt war von Hitze und Fliegen vereinnahmt worden, das Licht nach dem dunklen kleinen Zimmer war grell. Eine schwarzweiße Ziege, die in der Nähe angebunden war, beäugte mich, und minutenlang, wie es mir schien, starrte ich zurück in ihre schrägen gelbgrünen Augen. Dann ging ich zu dem Baum, an dem ich mein Pferd angebunden hatte, und ritt, so schnell ich konnte, davon.

Das Teleskop auf dem Tisch war zur Seite geschoben worden, um Platz zu schaffen für eine halbvolle Karaffe mit Rum und zwei Gläser auf einem stockfleckigen Silbertablett. Ich lauschte auf die unaufhörlichen Nachtgeräusche draußen und beobachtete die Kavalkade kleiner Falter und Insekten, die in die Kerzenflammen flogen, schenkte mir dann ein Glas Rum ein und trank. Sofort zogen sich die nächtlichen Geräusche zurück, wurden fern, erträglich, sogar angenehm.

»Würdest du mir um Himmels Willen bitte zuhören«, sagte Antoinette. Sie hatte es schon einmal gesagt, und ich hatte nicht geantwortet. Jetzt sagte ich: »Natürlich. Ich wäre der Rohling, für den du mich zweifellos hältst, wenn ich es nicht täte.«

»Wieso hasst du mich?«, fragte sie.

»Ich hasse dich nicht, ich bin über die Maßen besorgt um dich, bekümmert«, sagte ich. Aber das stimmte nicht, ich war nicht bekümmert, ich war ganz ruhig, es war das erste Mal seit vielen langen Tagen, dass ich das Gefühl hatte, ruhig und Herr meiner selbst zu sein.

Sie trug das weiße Kleid, das ich bewundert hatte, aber es war unordentlich von einer ihrer Schultern gerutscht und schien ihr zu groß zu sein. Ich beobachtete, wie sie mit der rechten Hand ihr linkes Handgelenk umfasste, eine enervierende Angewohnheit.

»Wieso kommst du dann nie zu mir?«, fragte sie. »Oder küsst mich, oder sprichst mit mir. Wieso denkst du, ich ertrage das, welchen Grund hast du, mich so zu behandeln? Hast du einen Grund?«

»Ja«, sagte ich. »Ich habe einen Grund«, und fügte sehr leise hinzu: »Mein Gott.«

»Immer rufst du Gott an«, sagte sie. »Glaubst du an Gott?«

»Natürlich, natürlich glaube ich an die Macht und Weisheit meines Schöpfers.«

Sie hob die Augenbrauen und ihre Mundwinkel zogen sich fragend und spöttisch nach unten. Einen Moment lang sah sie Amélie sehr ähnlich. Vielleicht sind sie verwandt, dachte ich. Möglich wäre es. An diesem gottverdammten Ort ist es sogar wahrscheinlich.

»Und du?«, fragte ich. »Glaubst du an Gott?«

»Es spielt keine Rolle«, antwortete sie ruhig, »was ich glaube oder was du glaubst, weil wir sowieso nichts ändern können, wir sind wie die hier.« Sie schnippte einen toten Falter vom Tisch. »Aber ich habe dir eine Frage gestellt, wenn du dich erinnerst. Wirst du sie beantworten?«

Ich nahm einen weiteren Schluck, und mein Verstand war kalt und klar.

»Wie du willst, aber Frage gegen Frage. Lebt deine Mutter noch?«

»Nein, sie ist tot. Sie ist gestorben.«

»Wann?«

»Vor nicht allzu langer Zeit.«

»Wieso hast du dann gesagt, sie sei gestorben, als du noch ein Kind warst?«

»Weil man mir gesagt hat, ich soll das sagen, und weil es wahr ist. Sie *ist* gestorben, als ich noch ein Kind war. Es gibt nicht nur den einen Tod, sondern immer zwei, den richtigen und den, von dem alle wissen.«

»Mindestens zwei«, sagte ich. »Für die, die Glück haben.« Einen Moment schwiegen wir, dann fuhr ich fort: »Ich bekam einen Brief von einem Mann, der sich Daniel Cosway nennt.«

»Er hat kein Recht auf diesen Namen«, sagte sie schnell. »Sein richtiger Name, falls er überhaupt einen hat, lautet Daniel Boyd. Er hasst alle Weißen, aber am meisten hasst er mich. Er verbreitet Lügen über uns und ist sicher, dass du ihm glauben und nicht auf die andere Seite hören wirst.«

»Gibt es denn eine andere Seite?«, fragte ich.

»Es gibt immer eine andere Seite, immer.«

»Nach seinem zweiten Brief, der bedrohlich klang, hielt ich es für das Beste, ihn aufzusuchen.«

»Du hast ihn aufgesucht«, sagte sie. »Ich weiß, was er dir gesagt hat. Dass meine Mutter verrückt und verrufen war und dass mein toter kleiner Bruder von Geburt an schwachsinnig und nicht richtig im Kopf war und dass ich auch verrückt bin. Das hat er doch gesagt, oder?«

»Ja, das hat er. Und stimmt es?«, fragte ich kühl und ruhig.

Eine der Kerzen flackerte hell auf, und ich sah die dunklen Ringe unter ihren Augen, ihre nach unten gezogenen Mundwinkel, ihr schmales, angespanntes Gesicht.

»Wir wollen jetzt nicht mehr darüber reden«, sagte ich. »Ruh dich aus.«

»Aber wir müssen darüber reden.« Ihre Stimme war hoch und schrill.

»Nur wenn du versprichst, vernünftig zu sein.«

Aber das hier ist weder der richtige Ort noch die richtige Zeit dafür, dachte ich, nicht auf dieser langen, dunklen Veranda mit den fast heruntergebrannten Kerzen und der beobachtenden, lauschenden Nacht draußen. »Nicht heute Abend«, sagte ich noch einmal. »Ein andermal.«

»Es könnte sein, dass ich es dir an einem anderen Ort oder zu einer anderen Zeit nicht erzählen kann. Nicht ein andermal, jetzt. Haste Angst?«, fügte sie hinzu, eine Negerstimme imitierend, singend und unverschämt.

Dann sah ich sie zittern und erinnerte mich, dass sie ein gelbes Seidentuch umgehabt hatte. Ich stand auf (mein Verstand so klar und kalt, mein Körper so niedergedrückt und schwer). Das Tuch lag auf einem Stuhl im Nebenzimmer, Kerzen standen auf der Anrichte, und ich brachte sie auf die Veranda, zündete zwei an und legte ihr das Tuch um die Schultern. »Warum willst du es mir nicht morgen erzählen, bei Tageslicht?«

»Du hast kein Recht«, brauste sie auf. »Du hast kein Recht, mir Fragen über meine Mutter zu stellen und dich dann zu weigern, meine Antwort zu hören.«

»Natürlich höre ich, natürlich können wir jetzt reden, wenn es das ist, was du willst.« Aber das Gefühl von etwas Unbekanntem und Feindlichem war sehr stark. »Ich fühle mich hier sehr fremd«, sagte ich. »Ich habe das Gefühl, dass dieser Ort mein Feind und auf deiner Seite ist.«

»Du irrst dich«, sagte sie. »Er ist weder für dich noch für mich. Er hat nichts mit keinem von uns zu tun. Deshalb hast du Angst davor, weil er etwas anderes ist. Das habe ich schon vor langer Zeit herausgefunden, als ich noch ein Kind war. Ich liebte diesen Ort, weil ich nichts anderes hatte, was ich lieben konnte, aber er ist so gleichgültig wie der Gott, den du so oft anrufst.«

»Wir können hier oder woanders reden«, sagte ich. »Ganz wie du willst.«

Die Rumkaraffe war fast leer, und ich ging zurück ins Esszimmer und holte eine weitere Flasche. Sie hatte nichts gegessen und keinen Wein gewollt, aber jetzt schenkte sie sich ein Glas ein, berührte es mit den Lippen und stellte es wieder ab.

»Du willst wissen, was mit meiner Mutter ist, ich werde dir von ihr erzählen, die Wahrheit, keine Lügen.« Dann schwieg sie so lange, dass ich leise sagte: »Ich weiß, dass sie nach dem Tod deines Vaters sehr einsam und unglücklich war.«

»Und sehr arm«, sagte sie. »Das darfst du nicht vergessen. Fünf Jahre lang. Wie schnell sich das sagt. Und wie lange es dauert, diese Zeit zu durchleben. Und wie einsam es ist. Sie war so einsam, dass sie sich immer mehr von anderen Menschen entfernte. Das passiert. Es passierte auch mir, aber für mich war es leichter, weil ich mich kaum an etwas anderes erinnerte. Für sie war es seltsam und beängstigend. Und sie war so schön. Ich dachte immer, dass sie sich bei jedem Blick in den Spiegel Hoffnungen gemacht und sich Träumereien hingegeben haben muss. Auch ich gab mich Träumereien hin. Aber natürlich ging es dabei um andere Dinge. Man kann lange Zeit träumen, aber eines Tages fällt alles in sich zusammen und man ist allein. Wir waren allein am schönsten Ort der Welt, es kann auf der Welt unmöglich einen anderen Ort geben, der so schön ist wie Coulibri. Das Meer war nicht weit entfernt, aber wir hörten es nicht, wir hörten nur den Fluss. Kein Meer. Es war ein Haus aus alter Zeit, und früher einmal gab es eine Allee aus Königspalmen, aber viele von ihnen waren umgestürzt, andere waren gefällt worden, und die, die noch übrig waren, sahen verloren aus. Verlorene Bäume. Dann wurde ihr Pferd vergiftet, und sie konnte nicht mehr ausreiten. Sie arbeitete im Garten, selbst wenn es sehr heiß war, und sie sagten: »Gehen Sie jetzt ins Haus, Herrin.«

»Wer hat das gesagt?«

»Christophine war bei uns, und Godfrey, der alte Gärtner, war geblieben, und ein Junge, dessen Namen ich vergessen habe. Ach ja«, lachte sie. »Er hieß Desaster, weil seine Patin das Wort so hübsch fand. Der Pfarrer sagte: ›Ich kann das Kind nicht auf den Namen Desaster taufen, es muss einen anderen Namen bekommen‹, also bekam er den Namen Desaster Thomas, und wir nannten ihn Sass. Christophine kaufte unsere Lebensmittel im Dorf und überredete ein paar Mädchen, ihr beim Saubermachen und bei der Wäsche zu helfen. Wir wären gestorben, sagte meine Mutter immer, wenn sie nicht bei uns geblieben wäre. Viele sind damals gestorben, Weiße und Schwarze, vor allem die älteren Leute, aber niemand spricht heute noch von dieser Zeit. Sie ist vergessen, bloß die Lügen nicht. Lügen werden nie vergessen. Sie leben und wachsen weiter.«

»Und du?«, fragte ich. »Was war mit dir?«

»Morgens war ich nie traurig«, fuhr sie fort, »und jeder Tag war ein neuer Tag für mich. Ich erinnere mich an den Geschmack von Milch und Brot und an das Geräusch der Standuhr, die langsam tickte, und an das erste Mal, als meine Haare mit einem Stück Schnur zusammengebunden wurden, weil kein Band mehr da war und kein Geld, um ein neues zu kaufen. Alle Blumen der Welt wuchsen in unserem Garten, und manchmal, wenn ich durstig war, leckte ich die Tropfen von den Jasminblättern, wenn es geregnet hatte. Wenn ich es dir nur vor Augen führen könnte, denn sie haben es zerstört und es existiert nur noch hier.« Sie schlug sich an die Stirn. »Mit das Beste war eine geschwungene Treppe mit flachen Stufen, die vom *Glacis* zum Trittstein hinunterführten, das Geländer war aus verziertem Eisen.«

»Schmiedeeisen«, sagte ich.

»Ja, Schmiedeeisen, und am Ende, an der letzten Stufe, war es geschwungen wie ein Fragezeichen, und wenn ich die Hand darauf legte, war das Eisen warm und ich fühlte mich getröstet.«

»Du hast gesagt, du seist immer glücklich gewesen.«

»Nein, ich sagte, ich sei morgens immer glücklich gewesen, am Nachmittag nicht immer, und nie nach Sonnenuntergang, denn nach Sonnenuntergang war das Haus voller Geister, manche Häuser sind so. Dann kam der Tag, an dem sie merkte, dass ich aufwuchs wie ein weißer Nigger, und sie schämte sich für mich, von diesem Tag an veränderte sich alles. Ja, es war meine Schuld, es war meine Schuld, dass sie anfing, zu planen und wie im Wahn zu arbeiten, wie im Fieber, um unser Leben zu verändern. Dann kamen wieder Leute zu Besuch, und obwohl ich sie immer noch hasste und mich vor ihren kühlen, spöttischen Augen fürchtete, lernte ich, es mir nicht anmerken zu lassen.«

»Nein«, sagte ich.

»Was heißt nein?«

»Du hast nie gelernt, dir deine Gefühle nicht anmerken zu lassen«, sagte ich.

»Ich habe gelernt, es zu versuchen«, sagte Antoinette. Nicht sehr gut, dachte ich.

»Und dann kam die Nacht, als sie es zerstörten.« Sehr blass lehnte sie sich in ihrem Sessel zurück. Ich schenkte Rum nach und hielt ihn ihr hin, aber sie stieß das Glas so heftig von sich, dass der Rum auf ihr Kleid tropfte. »Nichts ist übrig geblieben. Sie haben es in Grund und Boden getrampelt. Dabei war es ein heiliger Ort. Der Sonne geweiht!« Ich fing an, mich zu fragen, wie viel von der ganzen Geschichte wahr war, wie viel Einbildung, verzerrt. Zweifellos waren viele der alten Gutshäuser niedergebrannt worden. Man sah die Ruinen überall.

Als hätte sie meine Gedanken erraten, fuhr sie mit ruhiger Stimme fort: »Aber ich wollte dir von meiner Mutter erzählen. Hinterher bekam ich Fieber. Ich war in Tante Coras Haus in Spanish Town. Ich hörte Schreie, und dann lachte jemand sehr laut. Am nächsten Morgen sagte Tante Cora, meine Mutter sei krank und aufs Land gefahren. Das kam mir nicht merkwürdig vor, denn sie war ein Teil von Coulibri, und wenn Coulibri zerstört worden und aus meinem Leben verschwunden war, war es nur natürlich, dass auch sie verschwand. Ich war lange krank. Mein Kopf war bandagiert, weil jemand einen Stein nach mir geworfen hatte. Tante Cora sagte, die Wunde heile gut und würde mich an meinem Hochzeitstag nicht verschandeln. Aber ich glaube, sie hat mir meinen Hochzeitstag verschandelt, und alle anderen Tage und Nächte auch.«

»Antoinette«, sagte ich, »deine Nächte oder Tage sind nicht verschandelt, wirf die traurigen Dinge von dir ab. Denk nicht mehr daran, und nichts ist verschandelt, das verspreche ich dir.«

Aber mein Herz war schwer wie Blei.

»Pierre starb«, fuhr sie fort, als habe sie mich nicht gehört, »und meine Mutter hasste Mr Mason. Sie ließ ihn nicht mehr in ihre Nähe, ließ sich nicht mehr von ihm berühren. Sie sagte, sie würde ihn umbringen, ich glaube, sie hat es tatsächlich versucht. Also kaufte er ihr ein Haus und heuerte einen farbigen Mann und eine farbige Frau an, die sich um sie kümmern sollten. Eine Zeitlang war er traurig, aber er fuhr oft weg und verbrachte viel Zeit in Trinidad. Fast vergaß er sie.«

»Und du hast sie auch vergessen.« Ich konnte mir die Bemerkung nicht verkneifen.

»Ich bin kein Mensch, der leicht vergisst«, sagte Antoinette. »Aber sie – sie wollte mich nicht. Sie stieß mich weg und weinte, als ich sie besuchte. Sie sagten, ich verschlimmere ihren Zustand. Die Leute redeten über sie, sie ließen sie einfach nicht in Ruhe, sie redeten über sie und verstummten, wenn sie mich sahen. Eines Tages beschloss ich, sie allein zu besuchen. Ehe ich ihr Haus erreichte, hörte ich sie weinen. Ich dachte, ich bringe jeden um, der meiner Mutter wehtut. Ich stieg ab und lief auf die Veranda, von wo aus ich ins Zimmer schauen konnte. Ich weiß noch, welches Kleid sie trug – ein tief ausgeschnittenes Abendkleid, und sie war barfuß. Ein dicker schwarzer Mann war da, mit einem Glas Rum in der Hand. Er sagte: ›Trink, dann kannst du vergessen.‹ Sie trank das Glas auf einen Zug leer. Er schenkte ihr nach, und sie nahm das Glas und lachte und schleuderte es über ihre Schulter. Es zersplitterte in tausend Stücke. ›Mach das weg‹, sagte der Mann zu der Frau, ›sonst tritt sie noch rein.‹

›Wenn sie reintritt, umso besser‹, sagte die Frau. ›Vielleicht gibt sie dann endlich Ruhe.‹ Aber sie holte ein Kehrblech und einen Handfeger und fegte die Scherben zusammen. All das sah ich. Meine Mutter sah die beiden nicht an. Sie ging auf und ab und sagte: ›Was für eine nette Überraschung, Mr Luttrell. Godfrey, kümmere dich um Mr Luttrells Pferd.‹ Dann schien sie müde zu werden und setzte sich in den Schaukelstuhl. Ich sah, wie der Mann sie hochzog und küsste. Ich sah, wie sein Mund sich auf ihren legte, und sie wurde in seinen Armen ganz weich und nachgiebig, und er lachte. Die Frau lachte auch, aber sie war wütend. Als ich das sah, lief ich weg.

Christophine wartete auf mich, als ich weinend zurückkam. ›Warum bist du da hingegangen?‹, fragte sie, und ich rief: ›Sei still, du Teufel, du verdammter schwarzer Teufel aus der Hölle!‹ Und Christophine sagte: ›Ai, Ai, Ai! Hör sich einer das an. Ist denn das zu fassen!‹«

Nach einer ganzen Weile hörte ich sie wie zu sich selbst sagen: »Ich habe alles gesagt, was ich sagen kann. Ich habe versucht, es dir zu erklären. Aber nichts hat sich geändert.« Sie lachte.

»Lach nicht so, Bertha.«

»Ich heiße nicht Bertha; wieso nennst du mich Bertha?«

»Weil es ein Name ist, den ich ganz besonders mag. Für mich bist du eine Bertha.«

»Es spielt keine Rolle«, sagte sie.

»Wo bist du heute morgen hingeritten?«, fragte ich.

»Zu Christophine«, sagte sie. »Ich werde dir alles sagen, was du wissen willst, aber in wenigen Worten, denn Worte bewirken nichts, das weiß ich inzwischen.«

»Was wolltest du von ihr?«

»Sie bitten, etwas für mich zu tun.«

»Und hat sie es getan?«

»Ja.« Eine weitere lange Pause.

»Wolltest du sie um Rat fragen, ist es das?«

Keine Antwort.

»Was hat sie gesagt?«

»Sie hat gesagt, ich soll fortgehen – ich soll dich verlassen.«

»Ach, tatsächlich?«, fragte ich überrascht.

»Ja, das hat sie mir geraten.«

»Ich möchte das Beste für uns beide«, sagte ich. »So viel von dem, was du mir erzählst, ist seltsam, anders als die Erwartungen, die man in mir geweckt hat. Meinst du nicht, dass Christophine vielleicht recht hat und es vielleicht das Klügste wäre, wenn du für eine Weile von hier weggingst, oder ich – ganz wie du willst, natürlich.« Dann fügte ich scharf hinzu: »Bertha, schläfst du, bist du krank, wieso antwortest du mir nicht?« Ich stand auf, ging zu ihrem Sessel und nahm ihre kalten Hände in meine. »Wir haben lange genug hier gesessen, es ist sehr spät.«

»Geh du«, sagte sie. »Ich möchte noch hier im Dunkeln bleiben … wo ich hingehöre«, fügte sie hinzu.

»Unsinn«, sagte ich, legte die Arme um sie, um ihr aufzuhelfen und küsste sie, aber sie wich zurück.

»Deine Lippen sind kälter als meine Hände«, sagte sie. Ich versuchte zu lachen. Im Schlafzimmer schloss ich die Läden. »Schlaf jetzt, wir sprechen morgen über alles.«

»Ja«, antwortete sie. »Natürlich. Kommst du noch einmal herein, um mir Gute Nacht zu sagen?«

»Gewiss, meine liebe Bertha.«

»Nicht Bertha, nicht heute Abend«, sagte sie.

»Doch. Gerade heute Abend musst du Bertha sein.«

»Wie du willst.«

Als ich ihr Zimmer betrat, bemerkte ich das weiße

Pulver, mit dem der Boden bestreut war. Es war das erste, wonach ich mich erkundigte – nach dem Pulver. Ich fragte, was es sei. Sie sagte, es solle die Kakerlaken fernhalten.

»Ist dir nicht aufgefallen, dass es in diesem Haus keine Kakerlaken und keine Tausendfüßler gibt? Wenn du wüsstest, wie grässlich sie sein können.« Sie hatte alle Kerzen angezündet, so dass das Zimmer von Schatten erfüllt war. Sechs Kerzen standen auf dem Frisiertisch und drei auf dem Tisch neben ihrem Bett. Das Licht veränderte sie. Noch nie hatte sie so heiter oder so schön ausgesehen. Sie schenkte Wein in zwei Gläser und reichte mir eins, aber ich schwöre, schon bevor ich trank, sehnte ich mich danach, mein Gesicht in ihren Haaren zu vergraben, so wie früher. Ich sagte: »Wir lassen uns von Geistern beunruhigen. Wieso sollten wir nicht glücklich sein?« Sie antwortete: »Christophine kennt sich auch mit Geistern aus, aber sie nennt sie nicht so.« Sie hätte nicht tun müssen, was sie tat. Das werde ich immer beschwören, sie hätte es nicht tun müssen. Als sie mir das Glas reichte, lächelte sie. Ich weiß noch, dass ich mit einer Stimme, die nicht meine eigene war, sagte, es sei zu hell. Ich weiß, dass ich die Kerzen auf dem Tisch neben dem Bett löschte, und das ist alles, woran ich mich erinnere. Alles an dieser Nacht, woran ich mich erinnern will.

Ich wachte im Dunkeln auf, nachdem ich geträumt hatte, ich sei lebendig begraben, aber als ich wach war, hatte ich immer noch das Gefühl, zu ersticken. Irgendetwas bedeckte meinen Mund; Haare mit einem süßen, schweren Duft. Ich schob sie weg, konnte aber nach wie vor nicht atmen. Ich schloss die Augen und blieb mehrere Sekunden reglos liegen. Als ich sie wieder öffnete, sah ich, dass die Kerzen auf dem abscheulichen Frisiertisch heruntergebrannt waren, da wusste ich wieder, wo ich war. Die Tür zur Veranda stand offen, und die Luft, die hereinkam, war so kalt, dass mir klar war, dass es sehr früh am Morgen sein musste, vor Anbruch der Dämmerung. Auch mir war kalt, entsetzlich kalt, und außerdem war mir übel und ich hatte Schmerzen. Ich stieg aus dem Bett, ohne Antoinette anzusehen, taumelte in mein Ankleidezimmer, sah mich im Spiegel und wandte mich sofort ab. Ich konnte mich nicht übergeben, sondern brachte nur ein schmerzhaftes Würgen zustande.

Ich bin vergiftet worden, dachte ich. Aber es war ein dumpfer Gedanke, als entziffere ein Kind die Buchstaben eines Wortes, das es nicht lesen kann und das, könnte es lesen, weder Bedeutung noch Sinn besäße. Mir war so schwindlig, dass ich nicht stehen konnte und rücklings aufs Bett fiel, den Blick auf die Bettdecke gerichtet, die einen eigenartigen Gelbton hatte. Nachdem ich sie eine Weile betrachtet hatte, war ich in der Lage, ans Fenster zu gehen und mich zu übergeben. Es schien Stunden zu dauern, bevor es aufhörte. Ich lehnte mich an die Wand und fuhr mir über das Gesicht, dann fingen das Würgen und die Übelkeit von vorne an. Als es vorbei war, legte ich mich wieder aufs Bett, zu schwach, um mich zu bewegen.

Nie zuvor in meinem Leben unternahm ich eine größere Anstrengung als in diesem Augenblick. Ich wollte nur daliegen und schlafen, zwang mich aber dazu, aufzustehen. Ich fühlte mich schwach und schwindlig, doch mir war nicht mehr übel, und ich hatte keine Schmerzen mehr. Ich zog meinen Morgenmantel an und spritzte mir Wasser ins Gesicht, dann öffnete ich die Tür ihres Zimmers.

Im kalten Licht, das auf sie fiel, betrachtete ich ihre traurig herabgezogenen Mundwinkel und die Falte zwischen ihren buschigen Augenbrauen, die so tief war, als sei sie mit einem Messer eingekerbt worden. Während ich noch schaute, bewegte sie sich und streckte einen Arm aus. Kalt dachte ich: Ja, sehr schön, das schmale Handgelenk, die anmutige Schwellung des Unterarms, der runde Ellbogen, der Übergang von Schulter zu Oberarm. Alles da, alles korrekt. Während ich sie voller Hass betrachtete, wurde ihr Gesicht wieder glatt und sehr jung, sie schien sogar zu lächeln. Vielleicht ein Spiel des Lichts. Was sonst?

Jeden Augenblick kann sie aufwachen, sagte ich zu mir selbst. Ich muss mich beeilen. Ihr zerrissenes Nachthemd lag auf dem Boden, sanft zog ich das Laken über sie, als wolle ich eine Tote zudecken. Eins der Gläser war leer, sie hatte ihres ausgetrunken. In dem anderen, das auf dem Frisiertisch stand, befand sich noch ein Rest. Ich tunkte einen Finger hinein und leckte daran. Die Flüssigkeit schmeckte bitter. Ohne einen weiteren Blick auf Antoinette ging ich mit dem Glas auf die Veranda. Hilda war dort, einen Besen in der Hand. Ich legte einen Finger auf meine Lippen, und sie sah mich mit riesigen Augen an und ahmte mich dann nach, indem auch sie den Finger auf die Lippen legte.

Sobald ich mich angezogen und das Haus verlassen hatte, fing ich an zu laufen.

Ich erinnere mich nicht deutlich an diesen Tag, wo ich hinlief, oder wie ich hinfiel, oder weinte, oder erschöpft liegen blieb. Aber schließlich gelangte ich in die Nähe des zerfallenen Hauses mit dem wilden Orangenbaum. Hier muss ich mit dem Kopf auf den Armen eingeschlafen sein, denn als ich aufwachte, war es schon spät und der Wind war kalt. Ich stand auf und fand zurück zum Pfad, der zum Haus führte. Ich wusste jede Schlingpflanze zu vermeiden und stolperte kein einziges Mal. Ich ging in mein Ankleidezimmer, und falls ich an irgendwem vorbeikam, sah ich ihn nicht, und falls ich angesprochen wurde, hörte ich es nicht.

Auf dem Tisch stand ein Tablett mit einem Wasserkrug, einem Glas und ein paar gebratenen Fischküchlein. Ich trank fast das ganze Wasser, denn ich war sehr durstig, rührte das Essen aber nicht an, sondern blieb wartend auf dem Bett sitzen, denn ich wusste, dass Amélie kommen würde, und ich wusste, was sie sagen würde: »Sie tun mir leid.«

Sie kam lautlos auf nackten Füßen. »Ich hole Ihnen was zu essen«, sagte sie und brachte mir kaltes Hühnchen, Brot, Obst und eine Flasche Wein, und ich trank wortlos erst ein Glas, dann noch eins. Sie schnitt einen Teil des Essens klein und setzte sich neben mich und fütterte mich wie ein Kind. Ihr Arm hinter meinem Kopf war warm, aber als ich die Außenseite berührte, war sie kühl, fast kalt. Ich blickte in ihr hübsches, ausdrucksloses Gesicht, setzte mich auf und schob den Teller fort. Da sagte sie: »Sie tun mir leid.«

»Das hast du schon einmal gesagt, Amélie. Ist es das einzige Lied, das du kennst?«

In ihrem Ja lag ein Anflug von Fröhlichkeit, doch als ich lachte, legte sie erschrocken die Hand über meinen Mund. Ich zog sie neben mich, und wir lachten beide. Das ist mir von dieser Begegnung am deutlichsten in Erinnerung geblieben. Sie war so fröhlich, so natürlich, und sie muss etwas von dieser Fröhlichkeit an mich weitergegeben haben, denn ich empfand keinen Moment der Reue, noch wollte ich wissen, was sich hinter der dünnen Wand abspielte, die uns vom Zimmer meiner Frau trennte.

Am Morgen fühlte ich mich natürlich anders.

Eine weitere Komplikation. Unmöglich. Und ihre

Haut war dunkler, ihre Lippen dicker, als ich gedacht hatte.

Sie schlief sehr tief und fest, aber als sie die Augen aufschlug, waren sie voller Wissen, während sie schon einen Moment später vor unterdrücktem Gelächter funkelten. Ich fühlte mich zufrieden und ruhig, doch im Gegensatz zu ihr war mir nicht fröhlich zumute, nein, bei Gott, nicht fröhlich. Ich hatte nicht den Wunsch, sie zu berühren, und das wusste sie, denn sie stand sogleich auf und begann sich anzuziehen.

»Ein sehr hübsches Kleid«, sagte ich, und sie zeigte mir, auf wie vielfältige Weise man es tragen konnte, über den Boden schleifend, etwas angehoben, damit der Spitzenunterrock darunter hervorlugte, oder bis weit über die Knie hochgekrempelt.

Ich sagte, ich würde die Insel bald verlassen, wolle ihr aber vorher ein Geschenk geben. Es war ein großzügiges Geschenk, aber sie nahm es ohne Dank und ohne Ausdruck auf dem Gesicht entgegen. Als ich sie nach ihren Plänen fragte, sagte sie: »Ich weiß schon lange, was ich will, und ich weiß, hier bekomme ich es nich.«

»Du bist schön genug, um alles zu bekommen, was du willst«, sagte ich.

»Ja«, stimmte sie mir schlicht zu. »Aber nich hier.«

Wie es schien, wollte sie zu ihrer Schwester, die in Demerara Schneiderin war, aber sie würde nicht dort bleiben, sagte sie. Sie wollte nach Rio. In Rio gab es reiche Männer.

»Und wann willst du das alles in Angriff nehmen?«, fragte ich amüsiert.

»Jetzt.« Sie würde in Massacre eins der Fischerboote nehmen und sich in die Stadt bringen lassen.

Ich lachte und neckte sie. Sie liefe nur vor der alten Christophine davon, sagte ich.

Sie lächelte nicht, als sie antwortete: »Ich fühl keine Bosheit für keinen, aber ich bleib nich hier.«

Ich fragte, wie sie nach Massacre kommen wolle. »Ich brauch kein Pferd oder Maultier«, sagte sie. »Meine Beine sind stark genug, mich zu tragen.«

Als sie das Zimmer verließ, konnte ich mir nicht verkneifen, halb sehnsüchtig, halb triumphierend zu sagen: »Nun, Amélie? Tue ich dir immer noch leid?«

»Ja«, antwortete sie. »Das tun Sie. Aber in meinem Herzen ist auch Mitleid für sie.«

Leise schloss sie die Tür. Ich lag da und wartete auf das Geräusch, von dem ich wusste, dass ich es hören würde, nämlich das Klappern von Pferdehufen, als meine Frau das Anwesen verließ.

Ich drehte mich um und schlief, bis Baptiste mich mit dem Kaffee weckte. Sein Gesichtsausdruck war düster.

»Die Köchin geht weg«, verkündete er.

»Wieso?«

Er zuckte mit den Schultern und spreizte die Finger.

Ich stand auf, blickte aus dem Fenster und sah sie aus der Küche marschieren, eine dralle Person, die kein

Englisch sprach, behauptete sie wenigstens. Das vergaß ich, als ich sagte: »Ich muss mit ihr sprechen. Was ist das für ein riesiges Bündel auf ihrem Kopf?«

»Ihre Matratze«, sagte Baptiste. »Den Rest ihrer Sachen will sie später holen. Aber es ist sinnlos, mit ihr zu sprechen. Sie will nicht in diesem Haus bleiben.«

Ich lachte.

»Gehst du auch fort?«

»Nein«, sagte Baptiste. »Ich bin der Aufseher.«

Mir fiel auf, dass er mich weder »Sir« noch »Herr« nannte.

»Und das kleine Mädchen, Hilda?«

»Hilda tut, was ich sage. Hilda bleibt.«

»Famos«, sagte ich. »Wieso siehst du dann so besorgt aus? Deine Herrin wird bald zurückkommen.«

Wieder zuckte er mit den Schultern und grummelte etwas, aber ob es dabei um meine Moral oder um die zusätzliche Arbeit ging, die nun an ihm hängenbleiben würde, konnte ich nicht sagen, denn er grummelte auf Patois.

Ich sagte, er solle eine der Hängematten von der Veranda unter die Zedrelen hängen, und dort verbrachte ich den Rest dieses Tages.

Baptiste bereitete die Mahlzeiten zu, aber er lächelte nur selten und sprach nie, außer um auf eine Frage zu antworten. Meine Frau kam nicht zurück. Dennoch war ich nicht einsam oder unglücklich. Sonne, Schlaf und das kühle Wasser des Flusses waren mir genug. Am dritten Tag schrieb ich einen vorsichtigen Brief an Mr Fraser.

Ich schrieb, ich trage mich mit dem Gedanken, ein Buch über Obeah zu schreiben und habe mich an einen Fall erinnert, von dem er mir erzählt habe. Hatte er eine Vorstellung vom derzeitigen Aufenthaltsort der betreffenden Frau? War sie noch in Jamaika?

Der Brief wurde dem Boten mitgegeben, der zweimal wöchentlich kam, und Mr Fraser muss sofort geantwortet haben, denn ich erhielt seine Antwort binnen weniger Tage:

> Ich habe oft an Sie und Ihre Frau gedacht und war schon im Begriff, Ihnen zu schreiben. Tatsächlich habe ich diesen Fall nicht vergessen. Die fragliche Frau hieß Josephine oder Christophine Dubois oder so ähnlich und hat als Bedienstete für die Cosways gearbeitet. Nach ihrer Entlassung aus dem Gefängnis verschwand sie, aber es war allgemein bekannt, dass der alte Mr Mason sich mit ihr anfreundete. Wie ich höre, besitzt sie ein kleines Haus und ein Stück Land in der Nähe von Granbois, wahrscheinlich hat sie beides geschenkt bekommen. Sie ist auf ihre Art intelligent und kann sich gut ausdrücken, aber mir persönlich gefiel sie ganz und gar nicht, und ich halte sie für eine überaus gefährliche Person. Meine Frau beharrt darauf, sie sei nach Martinique zurückgegangen, wo sie herstammt, und ist sehr bestürzt, weil ich

die Angelegenheit selbst auf diese beiläufige Weise erwähnt habe. Zufällig habe ich inzwischen erfahren, dass die Person keineswegs nach Martinique zurückging, daher habe ich sehr diskret an Hill, den weißen Polizeiinspektor Ihrer Insel geschrieben. Falls sie tatsächlich in Ihrer Nähe lebt und wieder mit ihrem Unsinn anfängt, geben Sie ihm sogleich Bescheid. Er wird ein paar Polizisten zu Ihnen hochschicken, und dieses Mal wird sie nicht so glimpflich davonkommen. Dafür werde ich sorgen …

So viel zu dir, Josephine oder Christophine, dachte ich. So viel zu dir, Pheena.

Es war die halbe Stunde nach Sonnenuntergang, die blaue halbe Stunde, wie ich sie für mich nannte. Der Wind legt sich, das Licht ist sehr schön, die Berge sind scharf umrissen, jedes Blatt an jedem Baum ist klar und deutlich abgezeichnet. Ich saß in der Hängematte und schaute, als Antoinette zurückgeritten kam. Sie ritt ohne einen Blick an mir vorbei, stieg ab und ging ins Haus. Ich hörte ihre Schlafzimmertür zuschlagen und das durchdringende Läuten ihrer Handglocke. Baptiste kam über die Veranda gelaufen. Ich erhob mich aus meiner Hängematte und folgte ihm ins Wohnzimmer. Er hatte die Anrichte geöffnet und eine Flasche Rum herausgenommen. Einen Teil davon goss er in eine Karaffe, die er zusammen mit einem Glas auf ein Tablett stellte.

»Für wen ist das?«, fragte ich. Er antwortete mir nicht.

»Keine Straße?«, sagte ich und lachte.

»Ich will nichts über das alles wissen«, erwiderte er.

»Baptiste!«, rief Antoinette mit hoher Stimme.

»Ja, Herrin.« Er sah mir in die Augen und trug das Tablett hinaus.

Was die alte Christophine anging, so sah ich ihren Schatten, bevor ich sie selbst sah. Auch sie ging an mir vorbei, ohne den Kopf zu drehen. Aber sie ging auch nicht in Antoinettes Zimmer, sie sah nicht einmal hin. Vielmehr schritt sie über die Veranda und die Stufen auf der anderen Seite hinunter und verschwand in der Küche. In dieser kurzen Zeitspanne war die Dunkelheit hereingebrochen und Hilda kam herein, um die Kerzen anzuzünden. Als ich sie ansprach, sah sie mich erschrocken an und lief weg. Ich öffnete die Anrichte und betrachtete die aufgereihten Flaschen im Inneren. Da war der Rum, der einen in hundert Jahren umbringt, der Brandy, der Rot- und der Weißwein, vermutlich aus St Pierre auf Martinique, dem Paris der westindischen Inseln, eingeschmuggelt. Ich entschied mich für den Rum. Ja, er war mild auf der Zunge, ich wartete eine Sekunde auf die Explosion aus Hitze und Licht in meiner Brust, auf die Kraft und die Wärme, die meinen Körper durchströmten. Dann probierte ich die Tür zu Antoinettes Zimmer. Sie gab nur ganz leicht nach. Sie musste ein Möbelstück davorgerückt haben, den runden Tisch wahrscheinlich. Ich drückte noch einmal dagegen, und sie ging so weit auf, dass ich sie sehen konnte. Sie lag auf dem Rücken im Bett. Ihre Augen waren geschlossen, sie atmete schwer und hatte das Laken bis zum Kinn hochgezogen. Auf einem Stuhl neben dem Bett standen die leere Karaffe, ein Glas mit einem Rest Rum darin und eine kleine Messingglocke.

Ich schloss die Tür und setzte mich mit aufgestützten Ellbogen an den Tisch, denn ich glaubte zu wissen, was passieren würde und was ich tun musste. Ich empfand das Zimmer als drückend heiß, also blies ich die meisten Kerzen aus und wartete im Halbdunkel. Dann ging ich auf die Veranda, um die Tür zur Küche zu beobachten, hinter der Licht zu sehen war.

Bald kam das kleine Mädchen heraus, gefolgt von Baptiste. Im gleichen Moment läutete die Handglocke im Schlafzimmer. Die beiden gingen ins Wohnzimmer, ich folgte ihnen. Mit einem verängstigten Augenrollen in meine Richtung zündete Hilda die Kerzen wieder an. Die Handglocke läutete weiter.

»Misch mir einen anständigen Drink, Baptiste. Danach ist mir jetzt zumute.«

Er machte einen Schritt weg von mir und sagte: »Miss Antoinette –«

»Baptiste, wo bleibst du?«, rief Antoinette. »Wieso kommst du nicht?«

»Ich komm, so schnell ich kann«, antwortete Baptiste. Aber als er nach der Flasche griff, nahm ich sie ihm weg.

Hilda lief aus dem Zimmer. Baptiste und ich sahen einander an. Ich empfand seine großen, vorquellenden Augen und seinen Ausdruck extremer Verblüffung als komisch.

Aus dem Schlafzimmer kreischte Antoinette: »Baptiste! Christophine! Pheena! Pheena!«

»*Que komesse!*«, sagte Baptiste. »Ich hole Christophine.«

Er lief fast so schnell hinaus wie das kleine Mädchen.

Die Tür zu Antoinettes Zimmer öffnete sich. Als ich sie sah, verschlug der Schock mir die Sprache. Die Haare hingen ihr ungekämmt und glanzlos in die Augen, die entzündet und weit aufgerissen waren, ihr Gesicht war gerötet und sah verquollen aus. Ihre Füße waren nackt. Aber als sie sprach, war ihre Stimme leise, fast unhörbar.

»Ich habe geläutet, weil ich durstig war. Hat mich denn niemand gehört?«

Bevor ich sie daran hindern konnte, huschte sie zum Tisch und griff sich die Rumflasche.

»Trink nicht noch mehr«, sagte ich.

»Und welches Recht hast du, mir zu sagen, was ich tun soll? Christophine!«, rief sie noch einmal, aber ihre Stimme brach.

»Christophine ist ein bösartiges altes Weib, und das weißt du genauso gut wie ich«, sagte ich. »Sie wird nicht mehr lange hierbleiben.«

»Sie wird nicht mehr lange hierbleiben«, äffte sie

mich nach. »Genauso wenig wie du, genauso wenig wie du. Ich dachte, du magst die Schwarzen so sehr«, sagte sie, immer noch mit dieser mokanten Stimme, »aber das ist ebenso eine Lüge wie alles andere. Die hellbraunen Mädchen sind dir lieber, nicht wahr? Du hast die Plantagenbesitzer schlechtgemacht und dir Geschichten über sie zurechtgelegt, dabei machst du genau dasselbe. Du schickst das Mädchen nur schneller weg, und ohne Geld, oder mit weniger Geld, und das ist der ganze Unterschied.«

»Sklaverei war keine Frage von mögen oder nicht mögen«, sagte ich bemüht ruhig. »Sondern eine Frage der Gerechtigkeit.«

»Gerechtigkeit«, sagte sie. »Komm mir nicht damit. Es ist ein kaltes Wort. Ich habe es ausprobiert«, sagte sie, immer noch mit leiser Stimme. »Ich habe es aufgeschrieben. Ich habe es mehrmals aufgeschrieben, und jedes Mal sah es für mich aus wie eine verdammte, unverfrorene Lüge. Es gibt keine Gerechtigkeit.« Sie trank noch etwas von dem Rum und fuhr fort: »Meine Mutter, über die ihr alle redet, welche Gerechtigkeit gab es für sie? Meine Mutter, die im Schaukelstuhl saß und von toten Pferden und toten Pferdeknechten sprach, während ein schwarzer Teufel ihren traurigen Mund küsste. Wie du meinen geküsst hast«, fügte sie hinzu.

Im Zimmer war es jetzt unerträglich heiß. »Ich mache ein Fenster auf und lasse ein bisschen Luft herein«, sagte ich.

»Dann lässt du aber auch die Nacht herein«, sagte sie. »Und den Mond und den Duft der Blumen, die du so wenig magst.«

Als ich mich vom Fenster zurückdrehte, trank sie wieder.

»Bertha«, sagte ich.

»Ich heiße nicht Bertha. Du versuchst, mich zu einer anderen zu machen, indem du mich bei einem anderen Namen nennst. Ich weiß, auch das ist Obeah.«

Tränen strömten aus ihren Augen.

»Wenn mein Vater, mein richtiger Vater, noch am Leben wäre, hättest du keine Eile, hierher zurückzukommen, wenn er mit dir fertig wäre. Wenn er noch am Leben wäre. Weißt du, was du mir angetan hast? Es geht nicht um das Mädchen, nicht um das Mädchen. Aber ich habe diesen Ort geliebt, und du hast ihn zu einem Ort gemacht, den ich hasse. Ich dachte immer, wenn alles andere aus meinem Leben verschwände, hätte ich immer noch das hier, und jetzt hast du es zerstört. Es ist jetzt nur ein weiterer Ort, an dem ich unglücklich war, und alles andere ist nichts im Vergleich zu dem, was hier passiert ist. Ich hasse es jetzt, wie ich dich hasse, und bevor ich sterbe, werde ich dir beweisen, wie sehr ich dich hasse.«

Dann hörte sie zu meiner Verwunderung auf zu weinen und sagte: »Ist sie so viel hübscher als ich? Liebst du mich denn überhaupt nicht?«

»Nein, tue ich nicht«, sagte ich (und erinnerte mich

gleichzeitig daran, wie Amélie gefragt hatte: »Magst du meine Haare? Sind sie nich hübscher als ihre?«). »Nicht in diesem Augenblick«, sagte ich.

Darüber lachte sie. Ein irres Lachen.

»Siehst du? So bist du. Ein Stein. Aber es geschieht mir recht, schließlich hat Tante Cora zu mir gesagt, heirate ihn nicht. Nicht einmal, wenn er mit Diamanten ausgestopft wäre. Und eine Menge anderer Dinge hat sie außerdem gesagt. Meinst du England, fragte ich. Und was ist mit Großvater, der sein Glas über die Wasserkaraffe hielt, während die Tränen über sein Gesicht liefen wegen all der toten und dahingegangenen Freunde, die er nie wiedersehen würde. Das hat meines Wissens nichts mit England zu tun, sagte sie. Im Gegenteil:

> Krumm der Fuß und Krumm das Bein
> für Charlie jenseits des Wassers,
> Charlie, Charlie,

sang sie mit heiserer Stimme. Und hob die Flasche, um erneut zu trinken.

Alles andere als ruhig sagte ich: »Nein!«

Es gelang mir, ihr Handgelenk mit einer Hand und den Rum mit der anderen festzuhalten, aber als sie ihre Zähne in meinen Arm schlug, ließ ich die Flasche fallen. Der Geruch erfüllte das Zimmer. Aber ich war jetzt aufgebracht, und sie sah es. Sie zerschlug eine weitere Flasche an der Wand. Den zersplitterten Hals in der Hand stand sie da, Mordlust in den Augen.

»Berühr mich nur ein einziges Mal. Dann wirst du sehen, ob ich ein ebenso verdammter Feigling bin wie du.«

Dann verfluchte sie alles an mir, meine Augen, meine Lippen, jedes Glied meines Körpers, und alles fühlte sich an wie ein Traum in diesem großen, spärlich möblierten Raum mit den flackernden Kerzen und dieser rotäugigen Fremden mit den wirren Haaren, die meine Frau war und mich mit Obszönitäten überschüttete. In diesem albtraumhaften Augenblick hörte ich Christophines ruhige Stimme.

»Still jetzt, ganz ruhig. Und nich weinen. Weinen hat bei ihm keinen Sinn. Das hab ich dir schon mal gesagt. Weinen hat keinen Sinn.«

Antoinette ließ sich auf das Sofa fallen und schluchzte weiter. Christophine sah mich an, ihre kleinen Augen waren sehr traurig. »Wieso haben Sie das getan? Wieso haben Sie sich nich woanders mit dieser wertlosen, nichtsnutzigen Amélie vergnügt? Sie liebt Geld, genau wie Sie – das muss der Grund sein, warum ihr zusammengekommen seid. Gleich und gleich gesellt sich eben gern.«

Ich konnte es nicht mehr ertragen, verließ das Zimmer und setzte mich auf die Veranda.

Mein Arm blutete und schmerzte, ich wickelte mein Taschentuch darum, aber alles hier kam mir feindselig vor. Das Teleskop wich zurück und sagte, fass mich nicht an. Die Bäume wirkten gefährlich und die Schatten der Bäume, die sich langsam über den Boden bewegten, drohten mir. Diese grüne Bedrohung. Ich hatte sie gespürt, seit ich diesen Ort das erste Mal sah. Es gab hier nichts, was ich kannte, nichts, was mich trösten konnte.

Ich lauschte. Christophine redete mit leiser Stimme. Meine Frau weinte. Dann wurde eine Tür geschlossen. Sie waren ins Schlafzimmer gegangen. Jemand sang »Ma belle ka di«, das Lied über den einen Tag und die tausend Jahre. Was immer sie sangen oder sagten, es war gefährlich. Ich musste mich schützen. Leise ging ich über die dunkle Veranda. Ich sah Antoinette ganz still auf dem Bett liegen. Wie eine Puppe. Selbst als sie mich mit der Flasche bedroht hatte, hatte sie etwas Marionettenhaftes an sich gehabt. «*Ti moun*«, hörte ich, und »*Doudou ché*«, und der Zipfel eines Kopftuchs malte einen Finger an die Wand. »*Do do l'enfant do.*« Während ich lauschte, wurde ich schläfrig und fing an zu frösteln.

Ich stolperte zurück in das große, von Kerzen erleuchtete Zimmer, in dem es immer noch intensiv nach Rum roch. Trotzdem öffnete ich die Anrichte, um eine weitere Flasche hervorzuholen. Nur daran dachte ich, als Christophine hereinkam. Ich dachte an einen letzten starken Drink in meinem Zimmer, und dass ich beide Türen verschließen würde, und schlafen.

»Ich hoff, Sie sind zufrieden, ich hoff, Sie sind sehr zufrieden«, sagte sie. »Und kommen Sie mir nich mit Ihren Lügen. Ich weiß genauso gut wie Sie, was Sie mit diesem Mädchen gemacht haben. Besser. Und glauben Sie bloß nich, ich hab Angst vor Ihnen.«

»Sie ist also zu dir gelaufen, um dir zu erzählen, dass ich sie schlecht behandelt habe, ja? Das hätte ich mir denken können.«

»Sie hat mir gar nichts erzählt«, sagte Christophine. »Kein einziges Wort. Es ist doch immer dasselbe. Niemand hat ein Recht auf Stolz, bloß Sie. Dabei hat sie mehr Stolz als Sie, und sie hat nichts gesagt. Ich seh sie in meiner Tür stehen, mit diesem Ausdruck auf dem Gesicht, und weiß sofort, was Schlimmes is passiert. Ich weiß, ich muss schnell handeln, und das tu ich.«

»Wie es aussieht, hast du das. Was hast du mit ihr gemacht, dass du sie in diesem Zustand zurückbringst?«

»Was ich gemacht hab? Reizen Sie mich bloß nich noch mehr wie ich schon gereizt bin. Eigentlich sollt ich gar nichts sagen. Sie wollen wissen, was ich gemacht hab? Ich sag zu ihr: *Doudou*, es is gut, dass du zu mir kommst, wenn du Probleme hast. Und ich küsse sie. Wie ich sie küsse, fängt sie an zu weinen – nich vorher. Sie hat die Tränen lange zurückgehalten, denk ich, also lass ich sie weinen. Das is das Erste. Man muss sie weinen lassen – es erleichtert das Herz. Wie sie nich mehr weinen kann, geb ich ihr eine Tasse Milch – ein Glück, dass ich welche hatte. Sie will nichts essen, sie will nich reden. Also sag ich: ›Leg dich aufs Bett, *doudou*, und versuch zu schlafen, ich kann auf dem Boden schlafen, das macht mir nichts.‹ Von allein kann sie nich schlafen, das is sicher, aber ich kann machen, dass sie schläft. Und das mach ich. Und für das, was Sie gemacht haben – dafür werden Sie eines Tages bezahlen.«

»Wenn sie in dem Zustand sind«, fuhr sie fort, »müssen sie erst weinen, dann müssen sie schlafen. Und kommen Sie mir jetzt bloß nich mit nem Doktor – ich weiß mehr wie jeder Doktor. Ich zieh Antoinette aus, damit sie kühl und bequem schlafen kann; und da seh ich, dass Sie ganz schön grob mit ihr waren, was?«

An diesem Punkt lachte sie – ein herzhaftes, unbeschwertes Lachen. »Aber das is nur ne kleine Sache – es is nichts. Wenn Sie sehen, was ich hier alles seh, wo die Machete hell und glänzend in der Ecke steht, machen Sie wegen so ner kleinen Sache kein so langes Gesicht. Sie liebt sie bloß umso mehr, wenn Sie das wollen. Nich deswegen hat sie diesen toten Ausdruck im Gesicht. Oh, nein.«

»Eines Nachts«, fuhr sie fort, »hab ich ner Frau die Nase festgedrückt, weil ihr Mann sie mit der Machete fast abgehackt hat. Ich drück sie fest, ich schick einen Jungen los, dass er zum Doktor läuft, und der Doktor kommt mitten in der Nacht angeritten und näht die Frau zusammen. Wie er fertig is, sagt er zu mir: ›Christophine, das war große Geistesgegenwart.‹ Das hat er zu mir gesagt. Inzwischen heult der Mann wie ein Baby. Er sagt: ›Doktor, das hab ich nich gewollt. Es is einfach so passiert.‹ ›Ich weiß, Rupert‹, sagt der Doktor. ›Aber es darf nicht noch mal vorkommen. Wieso stellst du die verdammte Machete nicht ins andere Zimmer?‹, sagt er. Die beiden haben nur zwei kleine Zimmer, also sag ich: ›Nein, Doktor – neben dem Bett das wär noch schlimmer. Dann haben sie sich im Nu in Stücke gehackt.‹ Der Doktor lacht und lacht. Oh, er war ein guter Doktor. Wie er mit der Nase von der Frau fertig is, hätt man nich sagen können, sie sieht wie vorher aus, aber ich kann sagen, es fällt nich groß auf. Rupert, so hieß der Mann. Gibt ne Menge Ruperts hier, is Ihnen das schon aufgefallen? Einer heißt Prinz Rupert, und einer, der Lieder verfasst, wird Rupert vom Rein genannt. Haben Sie ihn mal gesehen? Er verkauft seine Lieder unten an der Brücke in der Stadt. In der Stadt, wo ich gewohnt hab, wie ich das erste Mal aus Jamaika weg bin. Is ein hübscher Name, Rupert, oder? Aber wo haben sie ihn her? Ich glaub, sie haben ihn aus alter Zeit. Dieser Doktor war noch ein Doktor aus alter Zeit. Die neuen mag ich nich. Als Erstes schreien sie immer Polizei. Polizei – die mag ich auch nich.«

»Das kann ich mir denken«, sagte ich. »Aber du hast mir noch nicht gesagt, was passiert ist, als meine Frau bei dir war. Oder was genau du gemacht hast.«

»*Ihre Frau*!«, sagte sie. »Da muss ich aber lachen. Ich weiß nich, was *Sie* alles gemacht haben, aber ich weiß einiges. Jeder weiß, dass Sie sie nur wegen ihrem Geld geheiratet und sich alles genommen haben. Und jetzt wollen Sie sie zerbrechen, weil sie neidisch auf sie sind. Weil sie besser is wie Sie, sie hat besseres Blut, und sie macht sich nichts aus Geld – es bedeutet ihr nichts. Oh, das alles hab ich gleich gemerkt, wie ich Sie das erste Mal gesehen hab. Sie sind jung, aber jetzt schon hart. Sie halten das Mädchen zum Narren. Sie machen ihr weis, dass sie die Sonne überstrahlt.«

So war es auch, dachte ich. So war es. Aber sag lieber nichts. Dann verschwinden die beiden sicher, und ich kann endlich schlafen – ein langer, tiefer Schlaf wird das sein, und sehr weit weg.

»Und dann«, fuhr sie mit ihrer Richterstimme fort, »machen Sie Liebe mit ihr, bis sie davon betrunken is, kein Rum könnt sie so betrunken machen, bis sie nich mehr ohne sein kann. Und sie glaubt, dass in Wirklichkeit *Sie* die Sonne überstrahlen. Sie sieht nur noch Sie. Aber Sie wollen sie nur zerbrechen.«

(Nicht auf die Art, die du meinst, dachte ich)

»Aber sie hält durch, was? Sie hält durch.«

(Ja, sie hielt durch. Bedauerlich)

»Also tun Sie so, wie wenn Sie all die Lügen glauben, die dieser verdammte Bastard Ihnen erzählt.«

(Dieser verdammte Bastard)

Jedes Wort, das sie sagte, hallte laut, laut, in meinem Kopf wider.

»Damit Sie von ihr wegbleiben können.«

(Von ihr wegbleiben)

»Ohne ihr zu sagen, wieso.«

(Wieso?)

»Keine Liebe mehr, was?«

(Keine Liebe mehr)

»Und da«, sagte ich kalt, »hast du die Sache in die Hand genommen, nicht wahr? Du hast versucht, mich zu vergiften.«

»Vergiften? Hör sich einer das an! Der Mann is verrückt geworden! Sie kommt zu mir und bittet mich um was, damit Sie sie wieder lieben, und ich sag ihr nein, ich mach das nich für *béké*. Ich sag ihr, es is alles Unsinn.«

(Unsinn. Unsinn.)

»Und auch wenn es kein Unsinn is, is es zu stark für *béké*.«

(Zu stark für béké. *Zu stark)*

»Aber sie weint und bettelt.«

(Sie weint und bettelt)

»Also geb ich ihr was für die Liebe.«

(Für die Liebe)

»Aber Sie lieben nich. Sie wollen sie nur zerbrechen. Und es hilft Ihnen, sie zu zerbrechen.«

(Sie zu zerbrechen)

»Sie sagt zu mir, mittendrin fangen Sie an, sie bei anderen Namen zu nennen. Marionette. Oder so ähnlich.«

»Ja, ich erinnere mich.«

(Marionette, Antoinette, Marionetta, Antoinetta)

»Das Wort bedeutet Puppe, oder? Weil sie nich redet. Sie wollen, dass sie weint und redet.«

(Weint und redet)

»Aber sie will nich. Da denken Sie sich was andres aus. Sie holen sich dieses nichtsnutzige Mädchen zum Spielen ins Nebenzimmer und reden und lachen und machen Liebe, dass sie alles hört. Sie haben gewollt, dass sie alles hört.«

Ja, es passierte nicht einfach so. Ich wollte es so.

(Ich lag die ganze Nacht wach, lange nachdem sie schliefen, und sobald es hell war, stand ich auf und kleidete mich an und sattelte Preston. Und ich kam zu dir. Ach Christophine. Ach Pheena, Pheena, hilf mir.)

»Du hast mir noch nicht gesagt, was genau du mit meiner – mit Antoinette – gemacht hast.«

»Doch, hab ich. Ich hab gemacht, dass sie schläft.«

»Was? Die ganze Zeit?«

»Nein, nein. Ich weck sie, damit sie in der Sonne sitzen und im kühlen Fluss baden kann. Auch wenn sie fast umfällt vor Müdigkeit. Ich koch ihr gute, kräftige Suppe. Ich geb ihr Milch, wenn ich welche hab, Früchte, die ich von meinen eigenen Bäumen pflücke. Wenn sie nich essen will, sag ich: ›Iss für mich, *doudou*.‹ Und sie isst, dann schläft sie wieder.«

»Und warum hast du das alles gemacht?«

Sie schwieg lange. Dann sagte sie: »Weil es besser is, sie schläft. Sie muss schlafen, während ich für sie arbeite – damit sie wieder gesund wird. Aber dadrüber red ich nich mit Ihnen.«

»Leider hat deine Kur nicht gewirkt. Du hast sie nicht gesund gemacht. Sondern kränker.«

»Doch, sie hat gewirkt«, sagte sie verärgert. »Sie hat gewirkt. Aber dann auf einmal hab ich Angst gekriegt, weil sie zu viel schläft, zu lang. Sie is lange nich so *béké* wie Sie, aber sie is nun mal *béké* und nich so wie wir. Es gibt Tage, da kann sie morgens nich wach werden, oder wenn sie wach wird, is es, wie wenn sie immer noch schläft. Ich will ihr nich noch mehr geben von – was ich ihr eben geb. Deshalb«, fuhr sie nach einer weiteren Pause fort, »geb ich ihr stattdessen Rum zu trinken. Ich weiß, der schadet ihr nich. Nich sehr. Aber kaum wie sie den Rum getrunken hat, fängt sie an zu jammern, sie muss zu Ihnen zurück, und ich kann sie nich beruhigen. Sie sagt, sie geht allein, wenn ich nich mitkomm, aber sie bittet mich, es zu tun. Und ich hab genau gehört, wie Sie zu ihr gesagt haben, Sie lieben sie nich – ganz ruhig und kühl haben Sie das gesagt, und alles kaputtgemacht, was ich Gutes erreicht hab.«

»Was du Gutes erreicht hast! Ich bin deinen Unsinn wirklich sehr leid, Christophine. Anscheinend hast du sie mit schlechtem Rum so betrunken gemacht, dass sie jetzt ein Wrack ist. Ich habe sie kaum wiedererkannt. Wieso du das getan hast, kann ich nicht sagen – aus Hass auf mich, vermute ich. Und da du ja so viel gehört hast, hast du vielleicht auch gehört, was sie eingestanden hat – womit sie geprahlt hat, und auch die Schimpfwörter, die sie mir an den Kopf geworfen hat. Dein *doudou* kennt wirklich eine Menge unflätiger Ausdrücke.«

»Ich sag nein. Ich sag, das hat nichts zu bedeuten. Sie machen sie so unglücklich, dass sie nich mehr weiß, was sie sagt. Ihr Vater, der alte Mister Cosway, konnte fluchen, dass sich die Balken biegen – sie hat die Ausdrücke von ihm. Und einmal is sie weggelaufen, wie sie noch klein war, in die Bucht, zu den Fischern und Seeleuten. Diese Männer!« Sie verdrehte die Augen zur Decke. »Nie würd man denken, sie waren mal unschuldige Babys. Wie sie zurückkommt, hat sie ihnen alles nachgeplappert. Aber sie versteht nich, was sie da sagt.«

»Ich glaube, sie versteht jedes Wort, und hat auch gemeint, was sie sagte. Aber du hast recht, Christophine – das alles war nur eine Kleinigkeit. Es war nichts. Keine Machete im Spiel, also auch keine Verletzungen durch eine Machete. Inzwischen wohl überhaupt keine Verletzungen mehr. Ich bin sicher, darum hast du dich gekümmert, auch wenn du sie noch so betrunken gemacht hast.«

»Für einen so jungen Mann sind Sie ein sehr harter Mann.«

»Sagst du, sagst du.«

»Ich hab's auch zu ihr gesagt. Ich hab sie gewarnt. Er is kein Mann, der dir hilft, wenn er sieht, wie du zerbrichst, hab ich gesagt. Nur die Besten können das. Die Besten – und manchmal die Schlimmsten.«

»Und du denkst sicher, ich bin einer von den Schlimmsten.«

»Nein«, sagte sie teilnahmslos. »Für mich sind Sie nich der Beste, nich der Schlimmste. Sie sind –« Sie zuckte mit den Schultern. »Jedenfalls werden Sie ihr nich helfen. Das hab ich ihr gesagt.«

Fast alle Kerzen waren ausgegangen. Sie zündete keine neuen an. Ich auch nicht. Wir blieben im dämmrigen Licht sitzen. Ich sollte diese sinnlose Unterhaltung beenden, dachte ich, konnte aber nur wie hypnotisiert auf ihre dunkle Stimme lauschen, die durch die Dunkelheit drang.

»Ich kenn das Mädchen. Sie wird Sie nich noch mal um Liebe bitten, lieber würd sie sterben. Aber ich, Christophine, ich bitte sie. Sie liebt Sie so sehr. Sie dürstet nach Ihnen. Warten Sie, vielleicht können Sie sie dann wieder lieben. Ein wenig, wie sie sagt. Ein wenig. Wie Sie eben lieben können.«

Ich schüttelte den Kopf und schüttelte ihn mechanisch immer weiter.

»Alles gelogen, was der gelbhäutige Bastard Ihnen gesagt hat. Und er is kein Cosway. Seine Mutter hat nichts getaugt, sie hat versucht, den alten Mann zum Narren zu halten, aber der alte Mann ließ sich nich zum Narren halten. ›Auf einen mehr oder weniger kommt's nicht an‹, hat er gesagt und gelacht. Aber das war ein

Fehler. Je mehr er für diese Leute tut, je mehr hassen sie ihn. Der Hass in diesem Daniel – er kommt damit nich zur Ruhe. Hätt ich gewusst, dass Sie hierher kommen, hätt ich es verhindert. Aber Sie haben schnell geheiratet, Sie haben Jamaika schnell verlassen. Keine Zeit.«

»Sie hat gesagt, was er gesagt hat, sei wahr. Es war also nicht gelogen.«

»Sie haben ihr wehgetan, da wollt sie Ihnen auch wehtun, nur deshalb.«

»Und dass ihre Mutter verrückt war? Auch eine Lüge?«

Christophine antwortete nicht gleich. Als sie es tat, war ihre Stimme nicht mehr so ruhig.

»Die haben sie dazu getrieben. Wie sie ihren Sohn verloren hat, hat sie sich für ne Weile selbst verloren, und sie haben sie weggesperrt. Sie haben ihr gesagt, sie is verrückt, sie haben sie behandelt, wie wenn sie verrückt wär. Frage, Frage. Kein freundliches Wort, keine Freunde, und ihr Mann, der geht fort, er lässt sie allein zurück. Sie lassen mich nich zu ihr. Ich versuch's, aber nein. Sie lassen Antoinette nich zu ihr. Zum Schluss – verrückt, ich weiß nich – sie gibt auf, nichts kümmert sie mehr. Der Mann, der für sie sorgen soll, nimmt sie sich, wann immer er will, und seine Frau redet. Dieser Mann, und andere. Sie nehmen sie einfach. Ach, es gibt keinen Gott.«

»Nur deine Geister«, rief ich ihr in Erinnerung.

»Nur meine Geister«, sagte sie ruhig. »In Ihrer Bibel

steht, Gott is ein Geist – es steht nich da, es gibt keine anderen. Mit keinem Wort. Es bekümmert mich, was mit ihrer Mutter passiert is, und ich kann nich zusehen, wie es noch mal passiert. Sie nennen sie ne Puppe? Sie sind nich zufrieden mit ihr? Versuchen Sie's noch einmal, ich denk, jetzt werden Sie zufrieden sein. Wenn Sie sie im Stich lassen, werden die sie in Stücke reißen – wie sie es mit ihrer Mutter getan haben.«

»Ich werde sie nicht im Stich lassen«, sagte ich müde. »Ich werde alles für sie tun, was ich kann.«

»Sie werden sie lieben wie früher?«

(Geben Sie Ihrer Frau meiner Schwester einen Kuss von mir. Sie lieben, wie ich es früher tat – oh ja, das tat ich. Aber wie kann ich das versprechen?) Ich sagte nichts.

»Sie is es, die nich zufrieden sein wird. Sie is ein Kreolen-Mädchen, sie hat die Sonne in sich. Sagen Sie die Wahrheit. Sie is nich in Ihr Haus gekommen, in diesem England, von dem man mir erzählt, sie is nich in Ihr schönes Haus gekommen und hat gesagt, Sie sollen sie heiraten. Nein, *Sie* sind den ganzen weiten Weg in ihr Haus gekommen, *Sie* haben gesagt, sie soll Sie heiraten. Und sie liebt Sie und gibt Ihnen alles, was sie hat. Und jetzt sagen Sie, Sie lieben sie nich und zerbrechen sie. Was haben Sie mit ihrem Geld gemacht, he?« Ihre Stimme war immer noch leise, aber es lag ein Zischen darin, als sie »Geld« sagte. Ich dachte, natürlich, darum dreht sich das ganze Theater. Ich war nicht mehr benommen, müde, halb hypnotisiert, sondern wach und misstrauisch, bereit, mich zu verteidigen.

Wieso, wollte sie wissen, konnte ich nicht die Hälfte von Antoinettes Mitgift zurückgeben und die Insel verlassen – »Verlassen Sie Westindien, wenn Sie sie nich mehr wollen.«

Ich fragte, welche Summe genau sie im Kopf habe, aber in dieser Hinsicht war sie vage.

»Da können Sie mit den Anwälten oder so drüber reden.«

»Und was wird dann aus ihr werden?«

Sie, Christophine, würde sich um Antoinette kümmern (und natürlich um das Geld).

»Ihr werdet beide hierbleiben?« Ich hoffte, dass meine Stimme so glatt klang wie ihre.

Nein, sie würden nach Martinique fahren. Dann an andere Orte.

»Ich möcht die Welt sehen, bevor ich sterb.«

Vielleicht weil ich so ruhig und gefasst war, fügte sie boshaft hinzu: »Sie verheiratet sich mit einem anderen. Sie vergisst Sie und lebt glücklich und zufrieden.«

Da zuckte ein Stich der Wut und der Eifersucht durch mich hindurch. Oh, nein, sie wird mich nicht vergessen. Ich lachte.

»Sie lachen über mich? Wieso lachen Sie über mich?«

»Natürlich lache ich über dich – du lächerliche alte Frau. Ich werde meine Angelegenheiten nicht länger mit dir bereden. Oder mit deiner Herrin. Ich habe mir alles angehört, was du zu sagen hattest, und ich glaube dir nicht. Jetzt verabschiede dich von Antoinette, und dann geh. Du bist schuld an allem, was hier geschehen ist, also komm nicht zurück.«

Sie richtete sich hoch und kerzengerade auf und stemmte die Hände in die Hüften. »Sie haben hier gar nichts zu sagen. Sie können mich nich wegschicken! Dieses Haus hat Miss Antoinettes Mutter gehört, jetzt gehört es ihr. Sie, Sie können mich nich wegschicken!«

»Ich versichere dir, dass jetzt alles mir gehört. Und jetzt geh, sonst lasse ich dich von den Männern rauswerfen.«

»Sie denken, die Männer hier rühren mich an? Die sind nich so dumm wie Sie, die würden nie Hand an mich legen.«

»Dann rufe ich eben die Polizei, ich warne dich. Es muss doch selbst auf dieser gottverdammten Insel Recht und Ordnung geben.«

»Keine Polizei hier«, sagte sie. »Keine Fußketten und Bleikugeln, keine Tretmühlen, kein finsteres Gefängnis. Das hier is ein freies Land und ich bin ne freie Frau.«

»Christophine«, sagte ich. »Du hast jahrelang in Jamaika gelebt und kennst Mr Fraser, den Magistrat von Spanish Town. Ich habe ihm wegen dir geschrieben. Möchtest du wissen, was er geantwortet hat?« Sie starrte mich an. Ich las ihr den Schluss von Frasers Brief vor: »›*... daher habe ich sehr diskret an Hill, den wei-*

ßen Polizeiinspektor Ihrer Insel geschrieben. Falls sie tatsächlich in Ihrer Nähe lebt und wieder mit ihrem Unsinn anfängt, geben Sie ihm sogleich Bescheid. Er wird ein paar Polizisten zu Ihnen hochschicken, und dieses Mal wird sie nicht so glimpflich davonkommen. Dafür werde ich sorgen …‹ Du hast deiner Herrin das Gift gegeben, das sie mir in den Wein tat?«

»Ich hab schon gesagt – Sie reden Unsinn.«

»Das werden wir ja sehen – ich habe einen Rest des Weins aufbewahrt.«

»Ich hab's ihr gesagt«, rief sie. »Immer funktioniert es nich für *béké*. Immer bringt es Ärger … Sie schicken mich also weg und behalten ihr ganzes Geld für sich. Und was haben Sie mit ihr vor?«

»Ich wüsste nicht, wieso ich dir meine Pläne mitteilen sollte. Aber ich habe vor, nach Jamaika zurückzugehen und mich in Spanish Town mit den Ärzten und ihrem Bruder zu beraten. Ihrem Rat werde ich folgen. Das ist alles, was ich vorhabe. Sie ist nicht gesund.«

»Ihrem Bruder!« Sie spuckte auf den Boden. »Richard Mason is nich ihr Bruder. Glauben Sie, Sie können mich zum Narren halten? Sie wollen ihr Geld, aber *Sie* wollen sie nich. In Ihrem Kopf is der Gedanke, es so hinzudrehen, wie wenn sie verrückt wär. Ich weiß es. Die Doktoren werden sagen, was Sie von Ihnen hören wollen. Und dieser Richard, der sagt auch, was Sie wollen – froh und bereitwillig noch dazu, das weiß ich. Sie wird wie ihre Mutter sein. Machen Sie das wegen dem Geld? Dann sind Sie böse wie der Satan selbst.«

Laut und aufgebracht rief ich: »Und meinst du, ich habe das alles gewollt? Ich würde mein Leben dafür geben, es rückgängig zu machen. Ich würde mein Augenlicht dafür geben, diesen entsetzlichen Ort nie gesehen zu haben.«

Sie lachte. »Und das is verdammt noch mal das erste wahre Wort, was Sie sprechen. Sie entscheiden, was Sie geben, was? Dann wählen Sie. Sie mischen sich in was ein und wissen vielleicht nich, was es is.« Sie fing an, in sich hineinzumurmeln. Nicht auf Patois. Inzwischen kannte ich den Klang von Patois.

Die eine ist so verrückt wie die andere, dachte ich, und wandte mich zum Fenster um.

Die Dienstboten standen dicht beieinander unter dem Gewürznelkenbaum. Baptiste, der Junge, der mit den Pferden half, und das kleine Mädchen Hilda.

Christophine hatte recht. Sie hatten nicht vor, sich in diese Angelegenheit hineinziehen zu lassen.

Als ich wieder zu ihr sah, lag eine Maske über ihrem Gesicht, aber ihre Augen waren unerschrocken. Sie war eine Kämpferin, musste ich zugeben. Gegen meinen Willen wiederholte ich: »Möchtest du dich von Antoinette verabschieden?«

»Ich hab ihr was gegeben, damit sie schlafen kann – nichts, was ihr schadet. Ich werd sie für kein Elend wecken. Das überlass ich Ihnen.«

»Du kannst ihr schreiben«, sagte ich steif.

»Lesen und schreiben kann ich nich. Ich kann andere Sachen.«

Sie ging, ohne sich noch einmal umzusehen.

*

Ich hatte nicht mehr das geringste Bedürfnis zu schlafen, sondern ging im Zimmer auf und ab und spürte das Blut in meinen Fingerspitzen kribbeln. Es floss meine Arme hinauf und erreichte mein Herz, das sehr schnell zu schlagen begann. Beim Gehen redete ich laut mit mir selbst. Ich sprach den Brief, den ich zu schreiben beabsichtigte.

»Ich weiß nun, dass Sie das alles geplant haben, weil Sie mich loswerden wollten. Sie haben mich nie geliebt. Ebenso wenig wie mein Bruder. Ihr Plan ging auf, weil ich jung, von mir selbst eingenommen, töricht und vertrauensselig war. Vor allem, weil ich jung war. Sie konnten mir das antun ...«

Jetzt bin ich nicht mehr jung, dachte ich, unterbrach mein Hin- und Herlaufen und trank. Dieser Rum ist wirklich so mild wie Muttermilch, so mild wie der Segen eines Vaters.

Ich konnte mir seinen Gesichtsausdruck vorstellen, wenn ich diesen Brief abschickte und er ihn las.

Ich schrieb:

Lieber Vater,
in Kürze werden wir diese Insel verlassen und nach Jamaika zurückkehren. Unvorhersehbare Umstände, zumindest für mich unvorhersehbar, haben mich zu diesem Entschluss gezwungen. Ich bin sicher, Sie wissen oder können sich denken, was geschehen ist, und ich bin sicher, Sie werden mir glauben, dass es das Beste ist, so wenig wie möglich über meine Angelegenheiten, insbesondere meine Heirat, zu sprechen. Dies nicht nur in meinem, sondern auch in Ihrem eigenen Interesse. Sie werden wieder von mir hören. Bald, wie ich hoffe.

Dann schrieb ich an die Anwälte, mit denen ich in Spanish Town zu tun gehabt hatte. Ich teilte ihnen mit, ich habe den Wunsch, ein möbliertes Haus nicht allzu nahe an der Stadt anzumieten, geräumig genug für zwei getrennte Zimmerfluchten. Ich wies sie an, einen Stab Dienstboten anzuheuern, die ich sehr großzügig entlohnen wollte – vorausgesetzt, sie halten die Klappe, dachte ich –, vorausgesetzt, sie sind diskret, schrieb ich. Meine Frau und ich würden in etwa einer Woche in Jamaika eintreffen und erwarteten, alles bereit zu finden.

Während ich diesen Brief schrieb, krähte draußen unablässig ein Hahn. Ich ergriff das erste Buch, das mir in die Finger kam und warf es nach ihm, aber er stolzierte nur ein paar Meter weiter und fing von Neuem an.

Baptiste erschien und sah zu Antoinettes stillem Zimmer hinüber.

»Hast du noch mehr von diesem famosen Rum?«

»Reichlich Rum«, sagte er.

»Ist er wirklich hundert Jahre alt?«

Er nickte gleichgültig. Hundert oder tausend Jahre, es war alles dasselbe für *le bon Dieu*, und für Baptiste.

»Was kräht dieser vermaledeite Hahn denn so?«

»Er kräht, weil das Wetter umschlägt.«

Da seine Augen starr auf das Schlafzimmer gerichtet blieben, schrie ich ihn an: »Sie schläft, dormi, dormi.«

Er schüttelte den Kopf und ging.

Wie finster er mich angesehen hat, dachte ich. Auch ich machte ein finsteres Gesicht, als ich den Brief an die Anwälte noch einmal las. Ganz gleich, wie viel ich den jamaikanischen Dienstboten zahlte, ich würde mir nie ihre Diskretion erkaufen. Man würde über mich reden, Lieder über mich singen (sie verfassen Lieder über alles und jeden. Sie sollten das über die Frau des Gouverneurs hören). Wo immer ich auch hinging, man würde über mich tratschen. Ich trank mehr Rum und zeichnete beim Trinken ein Haus, umgeben von Bäumen. Ein großes Haus. Ich unterteilte das dritte Stockwerk in Zimmer und in eins der Zimmer zeichnete ich eine stehende Frau … Kindergekritzel, ein Kreis für den Kopf, ein größerer für den Oberkörper, ein Dreieck als Rock, geschwungene Linien für Arme und Beine. Aber es war ein englisches Haus.

Englische Bäume. Ich fragte mich, ob ich England je wiedersehen würde.

*

Unter dem Oleander ... Ich betrachtete die verborgenen Berge und die Nebelschwaden, die sich über ihr Antlitz gebreitet hatten. Es ist kühl heute; kühl, still und wolkig wie in einem englischen Sommer. Aber ein wunderschöner Ort bei jedem Wetter, ganz gleich, wie weit ich reise, ich werde nie einen schöneren sehen.

Die Zeit der Hurrikane ist nicht mehr sehr fern, dachte ich und sah, wie der Baum seine Wurzeln tiefer trieb, sich bereit machte, gegen den Wind anzukämpfen. Sinnlos. Falls und wenn er kommt, werden sie alle umstürzen. Einige der Königspalmen halten stand (hat sie mir erzählt). Ihrer Äste beraubt, wie große braune Säulen, stehen sie dennoch – trotzig. Nicht umsonst wurden sie nach Königen benannt. Der Bambus macht es sich leichter, er neigt sich auf die Erde hinab und liegt da, knarrend, stöhnend, um Gnade winselnd. Der hochmütige Wind fegt darüber hinweg, ohne sich um das nichtswürdige Gewächs zu scheren. (Lass es am Leben.) Heulend, kreischend und johlend, zieht das wilde Gebraus vorbei.

Doch bis dahin werden noch mehrere Monate vergehen. Jetzt herrscht ein englischer Sommer, so kühl, so grau. Dennoch denke ich an meine Rache und an Hurrikane. Worte rasen durch meinen Kopf (Taten auch). Worte. Mitleid ist eins davon. Es lässt mir keine Ruhe.

Und Mitleid, wie ein nacktes, neugeborenes Kind,
Auf Sturmwind reitend …

Das las ich vor langer Zeit, als ich noch jung war – inzwischen hasse ich die Dichter und die Dichtung. Wie ich die Musik hasse, die ich einst liebte. Sing deine Lieder, Rupert vom Rein, ich werde nicht zuhören, obwohl alle sagen, dass du eine schöne Stimme hast …

Mitleid. Gibt es keins für mich? Mein Leben lang gebunden an eine Wahnsinnige – eine betrunkene, verlogene Wahnsinnige –, so geworden wie ihre Mutter.

»Sie liebt Sie so sehr, so sehr. Sie dürstet nach Ihnen. Lieben Sie sie ein wenig, wie sie sagt. Wie Sie eben lieben können – ein wenig.«

Darüber kann ich nur hohnlachen, teuflische Christophine. Meinst du, ich weiß nicht Bescheid? Sie dürstet nach *jedem* – nicht nur nach mir …

Sie löst ihr schwarzes Haar und lacht und lockt und schmeichelt (sie ist verrückt. Es ist ihr egal, wen sie liebt). Sie stöhnt und schreit auf und gibt sich hin, wie keine normale Frau es tun würde – oder könnte. Oder *könnte*. Dann liegt sie so still, so still wie dieser wolkige Tag. Eine Wahnsinnige, die immer weiß, worum es geht. Und doch keine Ahnung hat.

Bis sie so sinnlos betrunken ist, ihr Spielchen so oft gespielt hat, dass selbst die Erbärmlichsten mit den Schultern zucken und sich über sie lustig machen. Und ich soll dabei mitspielen – ich? Nein, ich kenne den ein oder anderen Trick, der da mithalten kann.

»Sie liebt Sie so sehr, so sehr. Versuchen Sie sie noch ein einziges Mal.«

Ich sage dir, sie liebt niemanden, oder jeden. Ich könnte sie nicht berühren. Außer wie der Hurrikan diesen Baum berühren – und brechen – wird. Du sagst, das habe auch ich getan? Nein. Das war nur das wilde Spiel der Liebe. Aber jetzt werde ich es tun.

Sie wird nicht wieder im Licht der Sonne lachen. Sie wird sich nicht herausputzen und sich in diesem vermaledeiten Spiegel zulächeln. So angenehm angetan, so zufrieden.

Eitles, dummes Geschöpf. Für die Liebe gemacht? Ja, aber sie wird keinen Geliebten haben, denn ich will sie nicht, und einen anderen wird sie nicht zu Gesicht bekommen.

Der Baum erschauert. Erschauert und sammelt all seine Kräfte. Und wartet.

(Jetzt weht ein kühler Wind – ein kalter Wind. Trägt er das nackte Kind, dazu geboren, auf dem Sturmwind der Hurrikane zu reiten?)

Sie hat gesagt, sie liebt diesen Ort. Das hier ist das Letzte, was sie davon sehen wird. Ich werde darauf achten, ob sie eine Träne vergießt, eine einzige menschliche Träne. Statt dieses ausdruckslose, hasserfüllte, irrsinnige Gesicht aufzusetzen. Ich werde die Ohren spitzen … Wenn sie Auf Wiedersehen oder vielleicht Adieu sagt. *Adieu* – wie in diesen Liedern aus alter Zeit, die sie sang. Immer *Adieu* (es kommt in allen Liedern vor). Wenn auch sie es sagt, oder weint, werde ich sie in die Arme schließen, meine Verrückte. Sie ist verrückt, aber *mein, mein*. Was kümmern mich die Götter oder der Teufel oder das Schicksal selbst. Wenn sie lächelt oder weint oder beides. *Für mich*.

Antoinetta – auch ich kann sanft sein. Verbirg dein Gesicht. Verbirg dich, verbirg dich in meinen Armen. Bald wirst du sehen, wie sanft. Meine Verrückte. Mein verrücktes Mädchen.

Dieser wolkige Tag wird dir helfen. Keine dreiste Sonne.

Keine Sonne ... Keine Sonne. Das Wetter ist umgeschlagen.

*

Baptiste wartete, die Pferde waren gesattelt. Der Junge stand am Gewürznelkenbaum, neben ihm der Korb, den er tragen sollte. Diese Körbe sind leicht und wasserfest. Ich hatte beschlossen, einen für ein paar unerlässliche Kleidungsstücke zu verwenden – die meisten unserer Sachen würden uns einen oder zwei Tage später folgen. Eine Kutsche würde uns in Massacre erwarten. Ich hatte an alles gedacht, hatte für alles gesorgt.

Sie war in der *ajoupa*; sorgfältig für die Reise gekleidet, bemerkte ich, aber ihr Gesicht war leer, ohne jeden

Ausdruck. Tränen? In ihr gibt es keine Träne. Nun, wir werden sehen. Erinnerte sie sich an irgendetwas, fragte ich mich, fühlte sie irgendetwas? (Diese blaue Wolke, dieser Schatten, ist Martinique. Es ist jetzt klar … Oder an die Namen der Berge. Nein, nicht Berg. *Morne*, würde sie sagen. »Berg ist ein hässliches Wort – für sie.« Oder an die Geschichten über die Jack-Spaniard-Wespen. Lange her. Und als sie sagte: »Sieh nur! Das Smaragdleuchten! Es bringt Glück.« Ja, einen Augenblick lang war der Himmel grün – ein leuchtendgrüner Sonnenuntergang. Seltsam. Aber nicht halb so seltsam wie zu sagen, das bringe Glück.)

Ich war auf ihre stumpfe Teilnahmslosigkeit vorbereitet. Ich wusste, dass meine Träume nur Träume waren. Aber die Traurigkeit, die ich empfand, als ich das schäbige weiße Haus betrachtete – darauf war ich nicht vorbereitet. Mehr denn je strebte es fort vom schwarzen schlangengleichen Wald. Lauter und verzweifelter rief es: Rette mich vor Zerstörung, Verfall und Verzweiflung. Rette mich vor dem langen, langsamen Tod durch Ameisen. Aber was tust du hier, du törichtes Gebilde? So nah am Wald. Weißt du denn nicht, dass das ein gefährlicher Ort ist? Und dass der dunkle Wald immer gewinnt? Immer. Falls nicht, wirst du es bald erfahren, und es gibt nichts, was ich tun kann, um dir zu helfen.

Baptiste sah völlig verändert aus. Keine Spur des höflichen Dienstboten war geblieben. Er trug einen sehr breitkrempigen Strohhut, ähnlich der Hüte der Fischer, aber oben flach, nicht hoch und spitz. Sein breiter Ledergürtel war blank poliert, wie auch der Griff seines Buschmessers, der aus der Scheide ragte, und Hemd und Hose aus blauer Baumwolle waren blitzsauber. Der Hut war wasserfest, wie ich wusste. Baptiste war auf den Regen vorbereitet, und dieser kam unzweifelhaft auf uns zu.

Ich sagte, ich würde mich gern von dem kleinen Mädchen verabschieden, das immer lachte – Hilda. »Hilda ist nicht hier«, antwortete er in seinem sorgfältigen Englisch. »Hilda ist gegangen – gestern.«

Sein Ton war durchaus höflich, aber ich spürte seine Abneigung und seine Verachtung. Dieselbe Verachtung wie die dieser Teufelin, als sie sagte: »Probieren Sie mein Stierblut.« Womit gemeint war, das wird dich zum Mann machen. Vielleicht. Als interessierte es mich, was sie von mir denken! Was *sie* anging, hatte ich sie für den Moment vergessen. Daher werde ich nie verstehen, wieso ich mir plötzlich, verwirrenderweise, sicher war, dass alles, was ich mir als wahr vorgestellt hatte, falsch war. Falsch. Nur die Magie und der Traum sind wahr – der ganze Rest ist Lüge. Vergiss sie. Hier liegt das Geheimnis. Hier.

(Aber es ist verloren, dieses Geheimnis, und jene, die es kennen, können nicht davon erzählen.)

Nicht verloren. Ich hatte es an einem verborgenen Ort gefunden und würde es bewahren, festhalten. Wie ich sie festhalten würde.

Ich sah sie an. Sie blickte auf das ferne Meer hinaus. Sie war das personifizierte Schweigen.

Sing, Antoinetta. Ich kann dich jetzt hören.

Hier, sagt der Wind, ist es gewesen, ist es gewesen
Und das Meer sagt, es muss sein, es muss sein
Und die Sonne sagt, es kann sein, es wird sein
Und der Regen …?

»Du musst genau hinhören. Unser Regen kennt alle Lieder.«

»Und alle Tränen?«

»Alle, alle, alle.«

Ja, ich werde dem Regen zuhören. Ich werde dem Bergvogel zuhören. Oh, beim Gesang des Solitaire – hoch, süß, einsam, magisch – bleibt einem das Herz stehen. Man hält den Atem an, um zu lauschen … Nein … Weg. Was sollte ich ihr sagen?

Sei nicht traurig. Denk nicht Adieu. Niemals Adieu. Wir werden wieder zusehen, wie die Sonne untergeht – viele Male, und vielleicht sehen wir das Smaragdleuchten, das grüne Aufblitzen, das Glück bringt. Und du musst lachen und plappern, wie du es früher getan hast – mir vom Kampf der Heiligen oder dem Picknick auf Marie-Galante erzählen – jenem berühmten Picknick, das sich in einen Kampf verwandelte. Oder von den Piraten, und was sie taten, wenn sie nicht auf großer Fahrt waren. Denn jede Fahrt konnte ihre letzte sein.

Sonne und Sangaree sind eine Mischung, die einem zu Kopf steigt. Dann – das Erdbeben. Oh, ja, die Leute sagen, Gott war zornig über die Dinge, die sie taten, erwachte aus seinem Schlaf, ein Atemzug, und sie waren dahin. Er schlief wieder ein. Aber sie hatten ihren Schatz zurückgelassen, Gold und mehr als Gold. Einiges davon wird gefunden – aber die Finder sagen nichts davon, denn verstehst du, dann bekommen sie nur ein Drittel: so lautet das Schatzgesetz. Sie wollen alles, also sprechen sie nie davon. Manchmal sind es Kostbarkeiten, oder Juwelen. Was sie finden, nimmt kein Ende, und sie verkaufen es heimlich an irgendeinen vorsichtigen Mann, der wiegt und misst, zögert, Fragen stellt, die nicht beantwortet werden, dann im Austausch Geld reicht. Jeder weiß, dass Goldstücke, Schätze, in Spanish Town auftauchen – (auch hier). Auf allen Inseln, aus dem Nirgendwo, niemand weiß woher. Denn es ist besser, nicht von Schätzen zu sprechen, besser, nichts davon zu sagen.

Ja, es ist besser, nichts zu sagen. Ich werde dir nicht sagen, dass ich deinen Erzählungen kaum zuhörte. Ich sehnte mich nach der Nacht und der Dunkelheit und der Zeit, wenn die Mondblume sich öffnet.

Lösch den Mond aus
Reiß die Sterne herab
Liebe in der Dunkelheit, denn wir sind
für die Dunkelheit bestimmt
so bald, so bald.

Lass uns, wie die großspurigen Piraten, das Meiste und Beste und Schlimmste aus dem machen, was wir haben. Nicht ein Drittel geben, sondern alles. Alles – alles – alles. Nichts zurückhalten …

Nein, ich würde sagen – ich wusste, was ich sagen würde. »Ich habe einen schrecklichen Fehler gemacht. Verzeih mir.«

Ich sagte es, den Blick auf sie gerichtet, sah den Hass in ihren Augen – und spürte, wie mein eigener Hass aufloderte, um sich ihm zu stellen. Wieder die schwindelerregende Veränderung, die Erinnerung, das abscheuliche Zurückschwenken zum Hass. Sie haben mich gekauft, *mich*, mit deinem lumpigen Geld. Du hast ihnen dabei geholfen. Du hast mich getäuscht, verraten und wirst noch Schlimmeres tun, wenn du die Gelegenheit dazu bekommst … *(Dieses Mädchen guckt einem offen in die Augen und redet schön daher – und es sind Lügen, was sie erzählt. Lügen. Ihre Mutter war auch so. Es heißt, sie is schlimmer wie ihre Mutter …)*

… Wenn ich für die Hölle bestimmt war, dann sollte es eben die Hölle sein. Keine falschen Himmel mehr. Keine verdammte Magie mehr. Du hasst mich und ich hasse dich. Wir werden sehen, wer am besten hasst. Aber zuerst, zuerst werde ich deinen Hass zerstören. Jetzt. Mein Hass ist kälter, stärker, und du wirst keinen Hass haben, um dich daran zu wärmen. Du wirst nichts haben.

Und ich tat es. Ich sah den Hass aus ihren Augen verschwinden. Ich zwang ihn aus ihnen hinaus. Und mit dem Hass ihre Schönheit. Sie war nur ein Geist. Ein Geist im grauen Licht des Tages. Nichts mehr übrig, nur Hoffnungslosigkeit. *Sag stirb, und ich werde sterben. Sag stirb und sieh zu, wie ich sterbe.*

Sie hob den Blick. Stumpfe, schöne Augen. Verrückte Augen. Eine Verrückte. Ich weiß nicht, was ich gesagt oder getan hätte. Im Zweifelsfall – alles. Aber in diesem Augenblick lehnte der namenlose Junge den Kopf an den Gewürznelkenbaum und fing an zu schluchzen. Laute, herzzerreißende Schluchzer. Ich hätte ihn mit Vergnügen erwürgen können. Aber es gelang mir, mich zu beherrschen, zu ihnen zu gehen und kalt zu fragen: »Was ist mit ihm? Weswegen weint er?« Baptiste antwortete mir nicht. Sein mürrisches Gesicht wurde noch eine Spur mürrischer, und das war alles, was ich von Baptiste bekam.

Sie war mir gefolgt, und sie war es, die mir antwortete. Ich erkannte ihre Stimme kaum. Keine Wärme, keine Weichheit. Die Puppe hatte eine Puppenstimme, eine atemlose, aber eigenartig gleichgültige Stimme.

»Als wir hier ankamen, fragte er mich, ob wir – ob du ihn mitnehmen würdest, wenn wir weggehen. Er will kein Geld. Er will einfach nur bei dir sein. Weil –« Sie unterbrach sich und fuhr sich mit der Zunge über die Lippen. »Weil er dich sehr liebt. Also sagte ich, du würdest. Ihn mitnehmen. Nun hat Baptiste ihm gesagt, dass du ihn nicht mitnehmen wirst. Deshalb weint er.«

»Selbstverständlich nehme ich ihn nicht mit«, sagte

ich zornig. (Mein Gott! Ein halbwilder Junge zusätzlich zu – zusätzlich zu …)

»Er spricht Englisch«, sagte sie, immer noch gleichgültig. »Er hat sich sehr bemüht, Englisch zu lernen.«

»Jedenfalls hat er kein Englisch gelernt, das ich verstehen kann«, sagte ich. Und als ich ihr starres weißes Gesicht betrachtete, wurde mein Zorn noch größer. »Welches Recht hast du, in meinem Namen Versprechungen abzugeben? Oder überhaupt für mich zu sprechen?«

»Nein, ich hatte kein Recht, es tut mir leid. Ich verstehe dich nicht. Ich weiß nichts über dich und kann nicht für dich sprechen …«

Das war alles. Ich verabschiedete mich von Baptiste. Er verneigte sich steif, widerwillig, und murmelte etwas – Wünsche für eine angenehme Reise, vermute ich. Ich bin sicher, er hoffte, dass er mich nie wieder zu Gesicht bekommen würde.

Sie war aufgestiegen, und er ging zu ihr hinüber. Als sie ihm die Hand hinstreckte, ergriff er sie, hielt sie und sprach sehr ernst auf sie ein. Ich hörte nicht, was er sagte, dachte aber, dass sie nun weinen würde. Nein, das Puppenlächeln kam zurück – an ihr Gesicht genagelt. Selbst wenn sie geweint hätte wie Maria Magdalena, hätte es keinen Unterschied gemacht. Ich war erschöpft. All die verrückten, widersprüchlichen Emotionen waren verschwunden und hatten mich müde und leer zurückgelassen. Geistig gesund.

Ich hatte diese Leute satt. Ich verabscheute ihr Lachen und ihre Tränen, ihre Schmeichelei und ihren Neid, ihre Arroganz und ihre Falschheit. Und ich hasste diesen Ort.

Ich hasste die Berge und die Hügel, die Flüsse und den Regen. Ich hasste die Sonnenuntergänge, egal, welche Farbe sie hatten, ich hasste die Schönheit des Ortes und seine Magie und das Geheimnis, das ich nie erfahren würde. Ich hasste seine Gleichgültigkeit und seine Grausamkeit, die Teil des Liebreizes war. Vor allem aber hasste ich sie. Denn sie gehörte zu der Magie und zu der Schönheit. Sie hatte mich durstig zurückgelassen, und mein ganzes Leben würde aus Durst und Sehnsucht nach etwas bestehen, das ich verloren hatte, bevor ich es fand.

Und so ritten wir los und ließen ihn zurück – den verborgenen Ort. Er war nicht für mich und nicht für sie. Dafür würde ich sorgen. Sie hat schon ein gutes Stück des Wegs zurückgelegt.

Sehr bald wird sie sich zu all den anderen gesellen, die das Geheimnis kennen und es nicht verraten wollen. Oder können. Oder es versuchen und scheitern, weil sie nicht genug wissen. Man kann sie erkennen. Blasse Gesichter, verstörte Augen, ziellose Gesten, schrilles Lachen. Die Art, wie sie gehen und sprechen und schreien und versuchen, einen (oder sich selbst) zu töten, wenn man über sie lacht. Ja, man muss sie im Auge behalten. Denn es kommt die Zeit, da sie zu töten versuchen, und dann verschwinden. Aber andere warten bereits darauf, ihren Platz einzunehmen, die Reihe ist sehr, sehr lang. Sie ist eine von ihnen. Auch ich kann warten – auf den Tag, an dem sie nur eine Erinnerung ist, die man meidet, wegschließt, und wie alle Erinnerungen, eine Legende. Oder eine Lüge …

Ich weiß noch, dass ich, als wir um die Biegung ritten, an Baptiste dachte und mich fragte, ob er noch einen anderen Namen hatte – ich hatte nie danach gefragt. Und dann, dass ich das Haus verkaufen würde, egal, was es einbrachte. Ich hatte vorgehabt, es ihr zurückzugeben. Jetzt – was hätte das für einen Sinn?

Der dumme Junge folgte uns, den Korb auf dem Kopf balancierend. Mit dem Handrücken wischte er sich die Tränen ab. Wer hätte gedacht, dass ein Junge derart weinen könnte. Wegen nichts. Nichts …

Teil drei

Sie wussten, dass er in Jamaika war, als sein Vater und sein Bruder starben«, sagte Grace Poole. »Er erbte alles, aber er war auch schon vorher ein wohlhabender Mann. Manche sind eben vom Glück begünstigt, sagten die Leute, und es gab Andeutungen über die Frau, die er mit nach England gebracht hatte. Am nächsten Tag wollte Mrs Eff mich sehen und beklagte sich, es würde getratscht. Ich dulde keinen Tratsch. Das habe ich Ihnen gesagt, als sie hier anfingen. Dienstboten reden nun einmal, man kann sie nicht daran hindern, sagte ich. Und ich bin mir nicht sicher, ob die Position mir tatsächlich zusagt, Madam. Als ich auf Ihre Annonce antwortete, sagten Sie, die Person, um die ich mich kümmern solle, sei kein junges Mädchen. Ich fragte, ob es eine alte Frau sei, und Sie sagten nein. Jetzt, wo ich sie sehe, weiß ich nicht, was ich denken soll. Sie sitzt da und zittert, und sie ist so dünn. Wenn sie in meiner Obhut stirbt, wer wird dann wohl die Schuld bekommen? Einen Augenblick, Grace, sagte sie. Sie hielt einen Brief in der Hand. Bevor Sie eine Entscheidung treffen, hören Sie sich an, was der Herr des Hauses zu dieser Angelegenheit zu sagen hat. ›Sollte Mrs Poole den Anforderungen entsprechen, zahlen Sie ihr meinetwegen den doppelten oder dreifachen

Betrag‹, las sie und faltete den Brief wieder zusammen, aber ich hatte die Worte auf der nächsten Seite bereits gesehen. ›Doch ich möchte um Gottes Willen nicht mehr damit belästigt werden.‹ Auf dem Umschlag klebte eine ausländische Briefmarke. ›Ich diene dem Teufel für kein Geld der Welt‹, sagte ich. Und sie sagte: ›Wenn Sie damit sagen wollen, Sie würden dem Teufel dienen, wenn Sie diesem Gentleman dienen, haben Sie nie im Leben einen größeren Irrtum begangen. Ich kannte ihn schon als kleinen Jungen. Ich kannte ihn als jungen Mann. Er war sanft, großzügig, mutig. Sein Aufenthalt auf den westindischen Inseln hat ihn bis zur Unkenntlichkeit verändert. Seine Haare sind grau geworden und seine Augen voller Unglück. Verlangen Sie nicht von mir, dass ich den bemitleide, der dabei die Hände im Spiel hatte. Doch ich habe nun genug und mehr als genug gesagt. Ich bin nicht bereit, Ihr Gehalt zu verdreifachen, Grace, aber ich bin bereit, es zu verdoppeln. Allerdings darf es keinen Tratsch mehr geben. Falls doch, werde ich Sie unverzüglich entlassen. Ich denke nicht, dass es unmöglich sein wird, Ihre Position neu zu besetzen. Ich bin sicher, Sie verstehen.‹ Ja, ich verstehe, sagte ich.

Dann wurden alle Dienstboten weggeschickt, und sie heuerte eine Köchin an, ein Mädchen, und dich, Leah. Die alten Dienstboten wurden weggeschickt, aber wie konnte sie sie daran hindern, zu reden? Wenn du mich fragst, weiß die ganze Grafschaft Bescheid. Die Gerüchte, die ich gehört habe – sehr weit von der Wahrheit entfernt. Aber ich widerspreche nicht, ich bin klug genug, kein Wort zu sagen. Schließlich ist das Haus groß und sicher, eine Zuflucht vor der Welt draußen, die, da kannst du sagen, was du willst, für eine Frau ein dunkler und übler Ort sein kann. Vielleicht bin ich deshalb geblieben.«

Die dicken Mauern, dachte sie. Jenseits des Pförtnerhauses eine lange Allee, und im Haus die lodernden Feuer und die roten und weißen Zimmer. Vor allem aber die dicken Mauern, die all die Dinge fernhalten, gegen die du gekämpft hast, bis du nicht mehr kämpfen kannst. Ja, vielleicht ist das der Grund dafür, dass wir alle bleiben – Mrs Eff und Leah und ich. Wir alle, außer dem Mädchen, das in seiner eigenen Dunkelheit lebt. Eins muss ich ihr zugutehalten, sie hat ihren Kampfgeist nicht verloren. Sie ist immer noch wild. Ich kehre ihr nicht den Rücken zu, wenn sie diesen Ausdruck in den Augen hat. Ich kenne ihn.

In diesem Zimmer werde ich früh wach und liege zitternd da, denn es ist sehr kalt. Endlich macht Grace Poole, die Frau, die sich um mich kümmert, mit Papier und Anmachholz und Kohle ein Feuer an. Sie kniet sich hin, um es mit dem Blasebalg anzufachen. Das Papier schrumpelt, das Holz knistert und spuckt, die Kohle glimmt und glüht. Schließlich lodern Flammen auf, sie sind schön. Ich steige aus dem Bett und gehe hin, um sie zu beobachten und frage mich, warum ich hierher gebracht wurde. Aus welchem Grund? Es muss einen Grund geben. Was wird von mir erwartet? Als ich hier ankam, dachte ich erst, es sei für einen Tag, zwei Tage, vielleicht eine Woche. Ich dachte, wenn ich ihn sehen und mit ihm sprechen würde, würde ich weise sein wie Schlangen, harmlos wie Tauben. »Ich gebe dir aus freien Stücken alles, was ich habe«, würde ich sagen, »und ich werde dich nicht mehr belästigen, wenn du mich gehen lässt.« Aber er kam nicht.

Die Frau, Grace, schläft in meinem Zimmer. Nachts sehe ich sie manchmal am Tisch sitzen und Geld zählen. Sie hält ein Goldstück in der Hand und lächelt. Dann steckt sie alles in einen kleinen Stoffbeutel zum Zuziehen und hängt ihn sich um den Hals, so dass er unter ihrem Kleid verborgen ist. Zuerst sah sie immer zu mir hin, bevor sie das tat, aber ich stellte mich immer schlafend, und jetzt macht sie sich wegen mir keine Gedanken mehr. Sie trinkt aus einer Flasche auf dem Tisch, dann geht sie zu Bett, oder legt die Arme auf den Tisch, den Kopf auf die Arme, und schläft. Aber ich liege da und beobachte, wie das Feuer verglüht. Wenn sie schnarcht, stehe ich auf, und ich habe das farblose Getränk in der Flasche probiert. Beim ersten Mal hätte ich die Flüssigkeit am liebsten wieder ausgespuckt, aber es gelang mir, sie herunterzuschlucken. Als ich wieder im Bett lag, konnte ich mich an mehr Dinge erinnern und wieder denken. Mir war nicht mehr so kalt.

Hoch oben gibt es ein einziges Fenster – man kann nicht hinaussehen. Mein Bett hatte ursprünglich Türen, aber sie wurden entfernt. Sonst gibt es nicht viel im Zimmer. Ihr Bett, einen schwarzen Schrank, den Tisch in der Mitte und zwei schwarze Stühle mit geschnitzten Früchten und Blumen. Sie haben hohe Rücken- und keine Armlehnen. Das Ankleidezimmer ist sehr klein, das Zimmer daneben ist mit Wandteppichen ausgehängt. Als ich sie mir eines Tages ansah, erkannte ich meine Mutter in einem Abendkleid, aber barfuß. Sie sah von mir fort, über meinen Kopf hinweg, so wie sie es immer getan hatte. Grace habe ich nichts davon gesagt. Sie dürfte nicht Grace heißen, was ja von Gnade kommt. Namen sind wichtig, zum Beispiel, als er mich nicht mehr Antoinette nennen wollte, und ich sah Antoinette aus dem Fenster schweben, mit ihren Parfums, ihren hübschen Kleidern und ihrem Spiegel.

Hier gibt es keinen Spiegel, und ich weiß nicht, wie ich jetzt aussehe. Ich weiß noch, wie ich mich selbst betrachtete, wenn ich mir die Haare bürstete, und wie meine Augen zurückblickten. Das Mädchen, das ich sah, war ich selbst, doch nicht ganz und gar ich selbst. Vor langer Zeit, als ich noch ein Kind und sehr einsam war, versuchte ich, dieses Mädchen zu küssen. Aber das Glas war zwischen uns – hart, kalt, von meinem Atem überhaucht. Jetzt haben sie mir alles genommen. Was tue ich an diesem Ort, und wer bin ich?

Die Tür des Zimmers mit den Wandteppichen wird

verschlossen gehalten. Ich weiß, dass sie auf einen Flur führt. Dort steht Grace und redet mit einer anderen Frau, die ich noch nie gesehen habe. Sie heißt Leah. Ich lausche, kann aber nicht verstehen, was sie sagen.

Es existiert also noch, das Flüstern, das ich mein ganzes Leben lang gehört habe, doch das hier sind andere Stimmen.

Wenn es Nacht wird und Grace getrunken hat und schläft, ist es leicht, die Schlüssel zu nehmen. Ich weiß inzwischen, wo sie sie aufbewahrt. Dann öffne ich die Tür und betrete ihre Welt. Sie ist, wie ich immer wusste, aus Pappe gemacht. Ich habe sie schon einmal irgendwo gesehen, diese Welt aus Pappe, in der alles braun oder dunkelrot ist oder von einem lichtlosen Gelb. Wenn ich durch die Flure gehe, wünsche ich mir, ich könnte sehen, was hinter der Pappe ist. Sie sagen, dass ich in England bin, aber ich glaube ihnen nicht. Wir sind vom Weg nach England abgekommen. Wann? Wo? Ich erinnere mich nicht, aber wir sind davon abgekommen. Vielleicht an dem Abend in der Kabine, als er mich dabei ertappte, wie ich mit dem jungen Mann redete, der mir mein Essen brachte? Ich schlang die Arme um seinen Hals und bat ihn, mir zu helfen. Er sagte: »Ich wusste nicht, was ich tun sollte, Sir.« Ich schleuderte die Gläser und Teller gegen das Bullauge. Ich hoffte, es würde zerbrechen und das Meer würde hereinrauschen. Eine Frau kam, dann ein älterer Mann, der die Scherben vom Fußboden aufsammelte. Er sah mich nicht an, während er das tat. Der dritte Mann sagte: »Trinken Sie das, dann werden Sie schlafen.« Ich trank und sagte: »Es ist nicht so, wie es scheint.« – »Ich weiß, das ist es nie«, sagte er. Dann schlief ich. Als ich aufwachte, waren wir auf einem anderen Meer. Kälter. Ich glaube, in jener Nacht änderten wir unseren Kurs und kamen vom Weg nach England ab. Dieses Haus aus Pappe, in dem ich nachts umhergehe, ist nicht England.

Eines Morgens hatte ich beim Aufwachen überall Schmerzen. Nicht vor Kälte, es war eine andere Art Schmerz. Ich sah, dass meine Handgelenke rot und geschwollen waren. Grace sagte: »Wahrscheinlich wollen Sie mir jetzt erzählen, dass Sie sich an nichts von dem erinnern, was letzte Nacht passiert ist.«

»Wann war letzte Nacht?«, fragte ich.

»Gestern.«

»Ich erinnere mich nicht an gestern.«

»Gestern Abend hat ein Gentleman Sie besucht«, sagte sie.

»Welcher von ihnen?«

Denn ich wusste, dass fremde Leute im Haus waren. Als ich die Schlüssel nahm und in den Flur hinaustrat, hörte ich sie in der Ferne lachen und reden, wie Vögel, und im Stockwerk weiter unten brannte Licht.

Als ich um eine Ecke bog, sah ich ein Mädchen aus ihrem Schlafzimmer kommen. Sie trug ein weißes Kleid und summte vor sich hin. Ich drückte mich flach an die

Wand, denn ich wollte nicht gesehen werden, aber sie blieb stehen und blickte sich um. Sie sah nichts als Schatten, darauf achtete ich, aber sie ging nicht zum Kopf der Treppe. Sie rannte. Sie begegnete einem anderen Mädchen, und das zweite Mädchen fragte: »Hast du einen Geist gesehen?« – »Ich habe nichts gesehen, aber ich glaubte, etwas zu fühlen.« – »Das war der Geist«, sagte die Zweite, und sie gingen gemeinsam die Treppe hinunter.

»Wer von diesen Leuten kam mich besuchen, Grace Poole?«, fragte ich.

Nicht er. Selbst im Schlaf hätte ich das gewusst. Er ist noch nicht gekommen. Sie sagte: »Ich bin der Überzeugung, dass Sie sich an viel mehr erinnern, als Sie zugeben. Wieso haben Sie sich so benommen, wo ich doch versprochen hatte, dass Sie ruhig und vernünftig sein würden? Ich werde nie wieder versuchen, Ihnen etwas Gutes zu tun. Ihr Bruder kam, um Sie zu besuchen.«

»Ich habe keinen Bruder.«

»Er sagte, er sei Ihr Bruder.«

Mein Geist streifte sehr weit zurück.

»Hieß er Richard?«

»Er hat mir seinen Namen nicht genannt.«

»Ich kenne ihn«, sagte ich und sprang aus dem Bett. »Es ist alles hier, es ist alles hier, aber ich habe es vor Ihren niederträchtigen Augen versteckt, so wie ich alles verstecke. Aber wo ist es? Wo habe ich ihn versteckt? In der Sohle meines Schuhs? Unter der Matratze? Oben auf dem Schrank? In der Tasche meines roten Kleids? Wo, wo ist dieser Brief? Er war kurz, weil ich mich daran erinnerte, dass Richard lange Briefe nicht mochte. Lieber Richard bitte hole mich von hier weg wo ich sterbe weil es so kalt und dunkel ist.«

Mrs Poole sagte: »Es hat keinen Sinn, jetzt herumzulaufen und zu suchen. Er ist weg und wird nicht wiederkommen – an seiner Stelle käme ich auch nicht wieder.«

»Ich kann mich nicht erinnern, was passiert ist«, sagte ich. »Ich kann mich nicht erinnern.«

»Als er hereinkam«, sagte Grace Poole, »hat er Sie nicht erkannt.«

»Würden Sie Feuer machen«, bat ich. »Mir ist so kalt.«

»Der Gentleman traf überraschend ein und bestand darauf, Sie zu sehen, und das war der Dank, den er dafür bekam. Sie sind mit einem Messer auf ihn losgegangen, und als er Ihnen das Messer entwand, haben Sie ihn in den Arm gebissen. Den werden Sie nicht wiedersehen. Wo hatten Sie das Messer eigentlich her? Ich hab gesagt, Sie hätten es mir gestohlen, aber dafür bin ich viel zu vorsichtig. Ich bin an Ihresgleichen gewöhnt. Von mir haben Sie das Messer nicht. Sie müssen es an dem Tag gekauft haben, als ich den Ausflug mit Ihnen gemacht habe. Ich hatte Mrs Eff gesagt, Sie müssten mal aus dem Haus kommen.«

»Als wir nach England fuhren«, sagte ich.

»Unsinn«, sagte sie. »Das hier ist England.«

»Das glaube ich nicht«, sagte ich. »Und ich werde es nie glauben.«

(An jenem Nachmittag fuhren wir nach England. Es gab Gras und olivgrünes Wasser und hohe Bäume, die ins Wasser blickten. Das hier, dachte ich, ist England. Wenn ich hier bleiben könnte, könnte ich wieder gesund werden und das Geräusch in meinem Kopf würde aufhören. Lassen Sie mich noch ein wenig bleiben, sagte ich, und sie setzte sich unter einen Baum und schlief ein. Ein Stück entfernt war ein Pferdekarren – eine Frau lenkte ihn. Sie verkaufte mir das Messer, ich gab ihr dafür das Medaillon an meinem Hals.)

Grace Poole sagte: »Sie erinnern sich also nicht, dass Sie diesen Gentleman mit einem Messer angegriffen haben? Dabei hatte ich gesagt, Sie würden sich ganz ruhig verhalten. ›Ich muss unbedingt mit ihr sprechen‹, sagte er. Oh, er wurde gewarnt, wollte aber nicht hören. Ich war mit im Zimmer, hörte aber nicht alles, was er sagte, außer: ›Rechtlich kann ich nicht in die Angelegenheit zwischen dir und deinem Mann eingreifen.‹ Als er ›rechtlich‹ sagte, sind Sie auf ihn losgegangen, und als er Ihnen das Messer entwand, haben Sie ihn gebissen. Wollen Sie wirklich behaupten, dass Sie sich an nichts davon erinnern?«

Ich erinnere mich nun, dass er mich nicht erkannte. Ich sah, wie er mich ansah, und seine Augen huschten erst in die eine Ecke, dann in die andere, ohne zu finden, was er erwartete. Er sah mich an und sprach mit mir, als sei ich eine Fremde. Was tut man, wenn einem so etwas passiert? Wieso lachen Sie über mich? »Haben Sie auch mein rotes Kleid versteckt? Hätte ich das angehabt, hätte er mich erkannt.«

»Niemand hat Ihr Kleid versteckt«, sagte sie. »Es hängt im Schrank.«

Sie sah mich an und sagte: »Ich glaube, Sie armes Ding wissen gar nicht, wie lange Sie schon hier sind.«

»Im Gegenteil«, sagte ich, »nur ich weiß, wie lange ich schon hier bin. Nächte und Tage und Tage und Nächte, Hunderte von ihnen sind durch meine Finger geglitten. Aber das spielt keine Rolle. Die Zeit hat keine Bedeutung. Aber etwas, was man berühren und halten kann, wie mein rotes Kleid, das hat Bedeutung. Wo ist es?«

Sie deutete mit dem Kopf auf den Schrank, und ihre Mundwinkel zogen sich nach unten. Sobald ich den Schlüssel umgedreht hatte, sah ich es dort hängen, in der Farbe von Feuer und Sonnenuntergang. Der Farbe von Flamboyantblüten. »Wenn man unter einem Flamboyantbaum begraben wird«, sagte ich, »wird die Seele emporgehoben, wenn er blüht. Das möchte jeder.«

Sie schüttelte den Kopf, bewegte sich aber nicht und rührte mich auch nicht an.

Der Duft, der aus dem Kleid aufstieg, war erst sehr schwach, dann wurde er stärker. Der Duft von Vetiver und Wachsblume, von Zimt und Staub und blühenden Limonenbäumen. Der Duft der Sonne und der Duft des Regens.

... Ich trug ein Kleid in dieser Farbe, als Sandi mich zum letzten Mal besuchte.

»Komm mit mir«, sagte er. »Nein«, sagte ich. »Ich kann nicht.«

»Dann ist das also der Abschied?«

»Ja, das ist der Abschied.«

»Aber ich kann dich nicht so verlassen«, sagte er. »Du bist unglücklich.«

»Du vergeudest wertvolle Zeit«, sagte ich. »Und wir haben so wenig.«

Sandi besuchte mich oft, wenn dieser Mann weg war, und wenn ich ausfuhr, traf ich ihn. Damals konnte ich noch ausfahren. Die Dienstboten wussten Bescheid, aber keiner von ihnen sagte etwas.

Jetzt war keine Zeit mehr, also küssten wir uns in diesem dummen Zimmer. Ausgebreitete Fächer zierten die Wände. Wir hatten uns vorher oft geküsst, aber nicht so. Es war ein Kuss, der Leben und Tod bedeutet, und erst lange hinterher weiß man, was das ist, ein Kuss, der Leben und Tod bedeutet. Das weiße Schiff ließ drei Pfiffe ertönen, einmal fröhlich, einmal rufend, einmal, um Auf Wiedersehen zu sagen.

Ich nahm das rote Kleid aus dem Schrank und hielt es vor mich. »Sehe ich darin ausschweifend und verwerflich aus?«, fragte ich. Jener Mann hatte das zu mir gesagt. Er hatte herausgefunden, dass Sandi im Haus gewesen war und ich ihn getroffen hatte. Ich erfuhr nie, wer geredet hatte. »Ruchlose Tochter einer ruchlosen Mutter«, sagte er zu mir.

»Ach, tun Sie es weg«, sagte Grace Poole. »Kommen Sie her und essen Sie was. Hier ist Ihr graues Umschlagtuch. Wieso die Ihnen nichts Besseres geben können, will mir nicht in den Kopf. Reich genug sind sie doch.«

Aber ich hielt das Kleid in der Hand und fragte mich, ob sie das Letzte und Schlimmste getan hatten. Ob sie es *ausgetauscht* hatten, als ich nicht hinsah. Ob sie es vertauscht hatten und es gar nicht mein Kleid war – aber wo hatten sie den Geruch her?

»Nun stehen Sie doch nicht so zitternd hier herum«, sagte sie, ungewohnt freundlich.

Ich ließ das Kleid zu Boden fallen und blickte vom Feuer auf das Kleid, vom Kleid zum Feuer.

Ich legte mir das graue Tuch um die Schultern, sagte aber, ich sei nicht hungrig, und sie versuchte nicht, mich zum Essen zu zwingen, wie sie es manchmal tut.

»Im Grunde genommen ist es ganz gut, dass Sie sich nicht an letzte Nacht erinnern«, sagte sie. »Der Gentleman wurde ohnmächtig, das war vielleicht ein Theater. Überall Blut, und mir hat man vorgeworfen, ich hätte nicht verhindert, dass Sie ihn angegriffen haben. Und in ein paar Tagen wird der Herr erwartet. Ich werde nie wieder versuchen, Ihnen zu helfen. Sie sind zu weit hinüber, als dass man Ihnen noch helfen könnte.«

»Hätte ich mein rotes Kleid getragen, hätte Richard mich erkannt«, sagte ich.

»Ihr rotes Kleid«, sagte sie und lachte.

Ich blickte auf das Kleid, das auf dem Boden lag, und es war, als hätte sich das Feuer im Zimmer ausgebreitet. Es war schön und erinnerte mich an etwas, was ich tun musste. Ich werde mich erinnern, dachte ich. Ich werde mich jetzt sehr bald erinnern.

Es war das dritte Mal, dass ich meinen Traum träumte, und er endete. Ich weiß nun, dass die Treppe aus meinem Traum in dieses Zimmer führt, in dem ich liege und die Frau beobachte, die mit dem Kopf auf den Armen schläft. In meinem Traum wartete ich, bis sie anfing zu schnarchen, dann stand ich auf, nahm die Schlüssel und verließ das Zimmer, eine Kerze in der Hand. Dieses Mal war es einfacher denn je zuvor, und ich ging, als flöge ich.

Alle, die im Haus gewesen waren, waren abgereist, denn die Schlafzimmertüren waren geschlossen, aber mir schien, als folge mir jemand, als verfolge mich jemand, lachend. Manchmal blickte ich nach rechts oder links, aber nie hinter mich, denn ich wollte den Geist der Frau, von dem sie sagen, dass er im Haus umgeht, nicht sehen. Ich ging die Treppe hinunter, weiter als ich je gewesen war. Jemand redete in einem der Zimmer. Ich ging langsam, geräuschlos, daran vorbei.

Schließlich war ich in der Eingangshalle, in der eine Lampe brannte. Daran erinnerte ich mich von dem Tag, als ich ankam. An eine Lampe und die dunkle Treppe und den Schleier vor meinem Gesicht. Sie denken, ich erinnere mich nicht, aber ich tue es. Rechts war eine Tür. Ich öffnete sie und ging hindurch. Es war ein großes Zimmer mit einem roten Teppich und roten Vorhängen. Alles andere war weiß. Ich setzte mich auf ein Sofa, um das Zimmer zu betrachten, und es kam mir traurig und kalt und leer vor, wie eine Kirche ohne Altar. Ich wollte es deutlich sehen, deshalb zündete ich alle Kerzen an, und es waren viele. Ich zündete sie vorsichtig mit der an, die ich bei mir hatte, aber den Kronleuchter konnte ich nicht erreichen. Dann sah ich mich nach dem Altar um, denn mit den vielen Kerzen und dem vielen Rot erinnerte der Raum mich an eine Kirche. Dann hörte ich eine Uhr ticken, und sie war aus Gold. Gold ist das Idol, das sie anbeten.

Plötzlich fühlte ich mich in diesem Zimmer sehr elend, obwohl das Sofa, auf dem ich saß, so weich war, dass ich darin versank. Ich hatte das Gefühl einzuschlafen. Dann glaubte ich Schritte zu hören und dachte, was werden sie sagen, was werden sie tun, wenn sie mich hier finden? Ich umklammerte mein rechtes Handgelenk mit der linken Hand und wartete. Aber nichts geschah. Danach war ich sehr müde. Sehr müde. Ich wollte das Zimmer verlassen, aber meine Kerze war heruntergebrannt, und ich nahm mir eine von den anderen. Plötzlich war ich in Tante Coras Zimmer. Ich sah das Sonnenlicht durchs Fenster fallen, den Baum davor und die Schatten der Blätter auf dem Boden, aber ich sah auch die Wachskerzen und hasste sie. Deshalb stieß ich sie alle um. Die meisten gingen aus, aber eine erfasste die dünnen Vorhänge hinter den roten. Ich lachte, als ich sah, wie die schöne Farbe sich so schnell ausbreitete, blieb aber nicht, um zuzusehen. Die hohe Kerze in der Hand ging ich zurück in die Halle. Da sah ich sie – den Geist. Die Frau mit den fließenden Haaren. Sie war von einem goldenen Rahmen umgeben, aber ich kannte sie. Ich ließ die Kerze in meiner Hand fallen, und sie ergriff den Zipfel eines Tischtuchs, und ich sah Flammen emporschießen. Als ich rannte oder vielleicht schwebte oder flog, rief ich: Hilf mir Christophine hilf mir, und als ich hinter mich blickte, sah ich, dass mir geholfen worden war. Eine Wand aus Feuer beschützte mich, aber sie war zu heiß, sie versengte mich, und ich entfernte mich von ihr.

Auf einem Tisch standen weitere Kerzen, und ich nahm mir eine und lief die erste Treppe und dann die zweite hinauf. Im zweiten Stock warf ich die Kerze fort. Aber ich blieb nicht, um zuzusehen, was geschah. Ich lief die letzte Treppe hinauf und durch den Flur. Ich kam an dem Zimmer vorbei, in das sie mich gestern oder vorgestern gebracht hatten, ich erinnere mich nicht. Vielleicht war es auch viel länger her, denn ich schien das Haus gut zu kennen. Ich wusste, wie ich der Hitze und dem Geschrei entkommen konnte, denn es gab jetzt Geschrei. Draußen auf den Zinnen war es kühl, und ich konnte sie kaum noch hören. Still saß ich da. Ich weiß nicht, wie lange ich dort saß. Dann drehte ich mich um und sah den Himmel. Er war rot, und mein ganzes Leben war darin enthalten. Ich sah die Standuhr und Tante Coras Patchworkdecke, alle Farben, ich sah die Orchideen und die Stephanotis und den Jasmin und den Lebensbaum in Flammen. Ich sah den Kronleuchter und den roten Teppich unten und den Bambus und die Baumfarne, die Gold- und die Silberfarne und den weichen grünen Samt aus Moos an der Gartenmauer. Ich sah mein Puppenhaus und die Bücher und das Bild von der Müllerstochter. Ich hörte den Papagei rufen, wie er es immer tat, wenn er einen Fremden sah, *Qui est là? Qui est là?*, und der Mann, der mich hasste, rief Bertha! Bertha! Der Wind ergriff meine Haare und sie breiteten sich aus wie Flügel. Vielleicht würden sie mich hochtragen, dachte ich, wenn ich auf die harten Steine sprang. Aber als ich über den Rand blickte, sah ich den Badeteich auf Coulibri. Tia war da. Sie winkte mir, und als ich zögerte, lachte sie. Ich hörte sie sagen: Haste Angst? Und ich hörte die Stimme des Mannes, Bertha! Bertha! Das alles sah und hörte ich im Bruchteil einer Sekunde. Und der Himmel so rot. Jemand schrie, und ich dachte: *Wieso habe ich geschrien?* Ich rief »Tia!« und sprang und wachte auf.

Grace Poole saß am Tisch, aber auch sie hatte den Schrei gehört und sagte: »Was war das?« Sie stand auf, kam herüber und sah mich an. Ich lag still, atmete gleichmäßig, die Augen geschlossen. »Ich muss wohl geträumt haben«, sagte sie. Dann ging sie zurück, nicht an den Tisch, sondern zu ihrem Bett. Ich wartete lange, nachdem ich sie schnarchen hörte, dann stand ich auf, nahm die Schlüssel und schloss die Tür auf. Ich war draußen und hielt meine Kerze. Jetzt weiß ich endlich, warum ich hierher gebracht wurde und was ich zu tun habe. Es muss Zugluft geherrscht haben, denn die Flamme flackerte, und ich dachte, sie sei ausgegangen. Aber ich schützte sie mit meiner Hand, und sie flammte wieder auf, um mich durch den dunklen Flur zu leiten.

Anmerkungen

7 Spanish Town wurde 1523 gegründet und war von 1692 bis 1872 die Hauptstadt Jamaikas.

7 Das Gesetz zur Abschaffung der Sklaverei wurde am 26. Juli 1833 im House of Commons verabschiedet und trat am 1. August 1834 in Kraft. Es sah eine Entschädigung für Sklavenbesitzer für den Verlust ihres »Eigentums« vor.

11 Patois: Kreolisches Französisch, Sprechweise der französischen Landbevölkerung

11 Die westindische Zedrele oder spanische Zeder ist ein Laubbaum.

13 Die Neuen: Gemeint sind Leute wie ihr späterer zweiter Ehemann Mr Mason, die nicht auf den Westindischen Inseln geboren wurden und aufwuchsen, sondern als Kolonialbeamte oder Unternehmer ins Land kamen.

19 Die Tretmühle, die durch unaufhörliches Herumgehen in einem Rad angetrieben wird, wurde in Großbritannien und den Kolonien Anfang des 19. Jahrhunderts als Form der Zwangsarbeit eingeführt.

24 Obeah, oder Obi, ist ein aus Afrika stammender religiöser Kult. Die Europäer betrachteten Obeah als Aberglauben, Hexerei und Giftmischerei, die Sklaven und ihre Nachkömmlinge dagegen sahen es als Heilkunst und Religion an. Ursprünglich wollte man damit Feinden schaden, aber im Laufe der Zeit wandelte es sich und nahm auf den unterschiedlichen Inseln verschiedene Formen an.

26 Gebet um eine gute Sterbestunde: Christophine ist demzufolge römisch-katholisch, während die meisten anderen schwarzen Jamaikaner nonkonformistischen Kirchen angehörten.

43 jumby: Schreckgespenst

43 Sangaree ist ein verdünnter Gewürzwein.

51 sans culottes, frz.: Ohne Hose. Ein abfälliger Begriff aus der Zeit der Französischen Revolution für die »proletarischen« Republikaner, die lange Beinkleider statt der modischen Kniehosen der Aristokraten trugen.

51 Zombies, auch Lebende Tote genannt, sind entweder Tote, die durch

Obeah ins Leben zurückgeholt wurden, oder lebende Personen, deren Geist oder Seele durch Hexerei gestohlen wurde.

56 Die Nonnen betrachten Christus als ihren Bräutigam, der »Garten« ist der Himmel.

58 Vetiver ist ein Süßgras, das zur Parfümherstellung verwendet wird.

60 Aus dem »Gegrüßet seist du Maria« und dem »Geleit zur Kirche« im Todesfall und anderen Totengebeten

69 Dreispitze waren zu dieser Zeit in Europa bereits aus der Mode.

73 30 000 Pfund: In *Jane Eyre* ist Rochesters Vater ein geiziger Mensch, der seinen Besitz nicht aufteilen will und alles seinem älteren Sohn Rowland hinterlässt, womit Edward, der jüngere Sohn, leer ausgeht. Allerdings arrangiert der Vater für ihn eine Heirat mit der Tochter eines westindischen Plantagenbesitzers, Mr Mason, der seiner Tochter eine Mitgift von 30 000 Pfund gibt, eine zur damaligen Zeit gewaltige Summe.

73 Vorkehrungen: Nach damaligem englischen Recht ging der Besitz einer Frau mit der Heirat auf ihren Mann über, es sei denn, es wurden vorher andere Vereinbarungen getroffen.

76 Doudou, ché cocotte: Liebes kleines Küken

86 Nach Joséphine de Beauharnais, der Frau von Napoléon I., Kaiserin von Frankreich. Der Stil war in England ebenfalls bereits aus der Mode.

86 Coralita (Antigonon leptopus), Korallenwein oder Mexikanischer Knöterich, eine Kletterpflanze mit korallenfarbenen Blüten

87 Crac-cracs sind grillenähnliche Insekten.

90 Vollmond: Grund ist ein Aberglaube, der den Vollmond mit Wahnsinn in Verbindung bringt.

94 Rose elle a vécu: Aus dem Gedicht »Consolation à M du Périer« von Francois de Malherbe, 1599, eine Elegie für M du Périers Tochter: »Et rose elle a vécu ce que vivent les roses/l'espace d'un matin.« »Die Rose hat gelebt, wie Rosen leben, einen Morgen lang.«

96 fer de lance: Lanzenotter, extrem giftig

97 ajoupa: Eine kleine Schutzhütte

101 Adieu foulard, adieu madras: Ein Abschiedsgesang an zwei edle Stoffe. Foulard kann Seide sein, Madras Baumwolle, beide gibt es aber auch als Gemisch aus Seide und Baumwolle.

101 Ma belle ka di maman li: Ein schönes Mädchen fragt die Mutter, wieso die hübschen Blumen binnen eines Tages oder gar eines Augenblicks sterben, und die Mutter antwortet, für Gott seien ein Tag und tausend Jahre das Gleiche.

102 Jetzt, wo ich glücklich bin: Othello, 2. Akt, 1. Szene: »Gält es, jetzt zu sterben, jetzt wär mirs höchste Wonne.« Aus: William Shakespeare, Sämtliche Werke, R. Löwit, Wiesbaden, Übersetzung Wolf Graf Baudissin

111 Nancy-Story: Von Anancy oder Ananse, einem Geist in vielen (west-)afrikanischen Geschichten, der oft die Gestalt einer Spinne annimmt und seine Feinde mit List und Tücke besiegt.

129 béké: Weiße

130 doudou: Kleiner Liebling

130 Die wahnsinnige Frau in *Jane Eyre* heißt Bertha Antoinette Mason.

131 doudou ché: Lieber kleiner Liebling

134 soucriant: Klagegeist

165 Demerara gehörte damals zu Britisch-Guayana.

172 Que komesse: Was ist?

175 Wasserkaraffe: James II ging 1688 ins Exil. Seine Nachfahren, die Stuarts, blieben im Exil, erhoben aber Anspruch auf die britische Krone. Ihre Anhänger, hauptsächlich römisch-katholischer Glaubensrichtung und viele von ihnen Schotten, gaben durch Geheimzeichen ihre Unterstützung zu erkennen. So zum Beispiel wurden, bis Edward VII 1901 den Thron bestieg, keine Fingerschälchen auf den königlichen Tisch gestellt, weil die Sympathisanten der Jakobiter die Gewohnheit hatten, über Wassergefäßen auf ihren König jenseits des Meeres anzustoßen.

175 Mit Charlie ist Bonnie Prince Charlie gemeint, der junge Anwärter auf den britischen Thron, der die Rebellion von 1745 anführte.

177 Ma belle ka di: Siehe das Lied von S. 101 über die Mutter, die ihrer Tochter sagt, für Gott sei ein Tag wie tausend Jahre.

177 Ti moun: Meine Kleine

177 Do do l'enfant do: Schlaf, schlaf Kind, schlaf.

180 Rupert vom Rein: Ruprecht von der Pfalz, genannt Rupert the Rhine oder Rupert the Cavalier.

195 Haus: Rochester stellt sich Thornfield vor, mit seiner verrückten Frau im Dachgeschoss.

197 Und Mitleid: Macbeth, 1. Akt, 7. Szene. Aus: William Shakespeare, Sämtliche Werke, R. Löwit, Wiesbaden, Übersetzung Dorothea Tieck

202 Solitaire: Eine Art Drossel

202 Marie-Galante: Eine der Inseln über dem Winde, benannt nach der Karavelle Maria Galanda, mit der Christoph Kolumbus sie entdeckte. Gehört zum französischen Überseedepartement Guadeloupe.

203 Eventuell das verheerende Beben, bei dem Port Royal, die damalige Hauptstadt Jamaikas, 1692 im Meer versank. Daraufhin wurde Spanish Town die Hauptstadt.

203 Ein derartiges Gesetz gibt es in fast allen Ländern. Es besagt, dass der Finder seinen Fund melden muss, der Staat behält den größten Teil ein, dem Finder gehört nur ein kleiner Teil oder ein entsprechender Wert.

209 In *Jane Eyre* ist Grace Poole die Wärterin der wahnsinnigen Mrs Rochester.

209 Mrs Fairfax, Rochesters Haushälterin in *Jane Eyre*

212 Das farblose Getränk ist Gin.

215 Handgelenke: Anspielung auf *Jane Eyre*, Kapitel 20. Richard Mason kommt nach Thornfield und besucht heimlich seine verrückte Schwester. Sie attackiert ihn und wird daraufhin festgebunden.

219 Flamboyantbaum: Flaschen- oder Feuerbaum

225 Stephanotis: Kranzschlinge